# LES EMPREINTES MNÉMONIQUES

## LA PRÉDICTION D'IDRISS
### TOME I

Les éditions de la courte échelle inc.
160, rue Saint-Viateur Est, bureau 404
Montréal (Québec) H2T 1A8

www.courteechelle.com

Révision : Thérèse Béliveau

Dépôt légal, 3e trimestre 2012
Bibliothèque nationale du Québec

La courte échelle reconnaît l'aide financière du gouvernement du Canada par
l'entremise du Fonds du livre du Canada pour ses activités d'édition. La courte
échelle est aussi inscrite au programme de subvention globale du Conseil des Arts
du Canada et reçoit l'appui du gouvernement du Québec par l'intermédiaire
de la SODEC.

La courte échelle bénéficie également du Programme de crédit d'impôt
pour l'édition de livres — Gestion SODEC — du gouvernement du Québec.

Catalogage avant publication de Bibliothèque et Archives nationales du Québec
et Bibliothèque et Archives Canada

Dupal, Emmanuelle
La prédiction d'Idriss
L'ouvrage complet comprendra 3 v.
Sommaire : t. 1. Les empreintes mnémoniques.
Pour les jeunes de 13 ans et plus.

ISBN 978-2-89651-427-4 (v. 1)

I. Titre. II. Titre : Les empreintes mnémoniques.

PS8607.U62P73 2012 jC843'.6 C2012-940565-5
PS9607.U62P73 2012

Imprimé au Canada

Emmanuelle Dupal

# LES EMPREINTES MNÉMONIQUES

## LA PRÉDICTION D'IDRISS

### TOME I

la courte échelle

À Antoine, Jean-Gabriel et Michel Simard ;
à Christine Legault, Philippe Dupal
et à tous ceux qui laissent des empreintes
mnémoniques derrière eux.

# CHAPITRE I

*Le passé est un prologue.*
WILLIAM SHAKESPEARE, 1564-1616

## DOMAINE DE SOUVENANCE, AUTOMNE 1298

Edkar, rouge et en sueur, posa l'épée sur la table de chêne. « Elle est trop lourde. Je n'arriverai pas à la soulever », songea-t-il.

— Bien sûr que oui. Il suffit de le vouloir. Allons, mets en pratique le mouvement que je t'ai enseigné, dit un homme à quelques pas de lui.

Encore une fois, Ludrik d'Alcyon lisait dans ses pensées.

Tournant autour de la table, Edkar contempla l'épée qui l'avait toujours fasciné. Une redoutable et noble merveille. Travaillée avec soin, elle étincelait contre le grain du bois. Sa poignée ornée de nombreuses incrustations portait, entre deux fougères d'or entrecroisées, une grosse tortue à couronne d'argent. Intrigué, Edkar se pencha pour la voir de plus près. Il glissa un doigt inquisiteur sur la carapace, puis sur les feuilles dentelées. Poursuivant son examen, il effleura des pierres précieuses dont le motif s'allongeait jusqu'à la garde de l'épée. C'est alors qu'il remarqua une fine inscription gravée sur la lame. On y lisait en caractères anciens : *Ton pire ennemi se trouve bien souvent en toi-même.*

En relisant cette phrase avec attention, Edkar comprit qu'elle disait vrai. Ce qui le paralysait, c'était sa propre crainte d'être incompétent. Il n'arriverait à rien tant qu'il n'aurait pas chassé les pensées négatives qui assaillaient son esprit.

Edkar se concentra donc pour faire le vide en lui. Lorsqu'il ressentit un grand calme intérieur, il visualisa les mouvements à exécuter : pieds écartés, saisir l'arme à deux mains, la soulever et attaquer...

Cette projection mentale lui procura l'assurance dont il avait besoin. Un influx d'énergie se répandit dans tout son corps. Galvanisé, il empoigna la longue épée, la redressa et parvint à la faire tournoyer dans les airs. D'une fente vers l'avant, il éventra un mannequin qui pendait au bout d'une corde. La lame s'enfonça dans le tissu et traversa la paille de bord en bord avec une telle violence qu'Edkar faillit perdre l'équilibre. Reprenant pied de justesse, il soupira, soulagé que le poids de l'arme ne l'ait pas fait chuter. Il s'en était bien tiré. Peut-être avec un peu de maladresse, mais on pouvait s'y attendre pour un premier essai.

— J'ai réussi ! cria-t-il en allant rendre l'épée à Ludrik d'Alcyon, son grand-père.

Ils s'exerçaient depuis l'aube, utilisant d'abord des pièces d'entraînement en bois, jusqu'à ce que Ludrik décrète que son élève était prêt à passer à l'étape suivante.

Edkar était quand même bien content que la leçon d'escrime soit terminée. Reprendre l'exercice aurait été au-dessus de ses forces.

Ludrik d'Alcyon lui fit un clin d'œil.

— Alors, tu croyais que ma lame serait trop lourde pour toi ? demanda-t-il un peu railleur.

— C'est vrai, admit Edkar, j'ai bien pensé que je n'y arriverais pas. Je devrais avoir plus confiance en moi.

Ludrik d'Alcyon acquiesça, tout en l'observant à la dérobée. À quinze ans, Edkar était élancé. Ce qui lui manquait encore en puissance était compensé par une grande souplesse. On était frappé au premier abord par son regard pénétrant. Ensuite, il suffisait que le soleil plombe pour que l'on ne voie plus que sa chevelure. Passant du brun foncé au roux incandescent, elle semblait prendre feu, ce qui créait l'illusion d'une flambée autour de son visage.

Edkar saisit une veste doublée de fourrure et l'enfila par-dessus sa chemise. C'était l'automne et la pièce où ils se tenaient était fraîche, car rien ne brûlait dans l'âtre. Il s'empressa d'aller rejoindre Ludrik d'Alcyon, déjà assis sur un banc de bois massif.

Celui-ci se tenait très droit. Il émanait de cet homme à la longue chevelure argentée une impression de force tranquille. Edkar ne put s'empêcher de le comparer à un roc. Solide, immuable.

Prenant place sur une escabelle, Edkar appuya le menton sur ses mains jointes et attendit que commence l'étude. Depuis quelques années, son grand-père lui enseignait l'écriture, l'astronomie, l'herboristerie et l'arithmétique. L'escrime, le tir à l'arc, la lutte et la course à pied faisaient aussi partie de son entraînement quotidien. Mais Ludrik l'avait prévenu : aujourd'hui, il espérait introduire une nouvelle notion. Edkar se demandait de quoi il s'agissait.

Ludrik d'Alcyon posa son regard sur le visage du jeune homme. Le temps de l'instruire plus sérieusement était venu, puisqu'il devrait veiller sur les destinées d'un empire dans un avenir pas si lointain. Par bonheur, Edkar démontrait déjà des qualités indispensables pour mener à bien cette tâche.

— Sais-tu ce qu'est une empreinte mnémonique ?

Edkar leva un sourcil. Cette expression ne lui disait rien du tout.

— Une empreinte mnémonique est la trace laissée par un événement ou par des personnes dans la mémoire d'une collectivité, expliqua Ludrik.

— Comme un souvenir ?

— Plus que cela. Vois-tu, les souvenirs sont fragiles. Ils disparaissent avec le temps. Les couleurs pâlissent, les détails s'estompent. Le passé peut être réinterprété, enlaidi ou embelli. Prends, par exemple, le sujet de notre leçon d'aujourd'hui, la guerre qui opposa le royaume du Khel Maï à celui du Londaure il y a un peu plus de deux cents ans. Comment puis-je te rapporter ce conflit dans son intégrité, tel qu'il s'est vraiment déroulé, alors que je n'y ai pas assisté moi-même ?

— Au bout de deux siècles, certains événements ont dû être déformés, en effet, dit Edkar d'un ton pensif.

— Eh bien, grâce aux empreintes mnémoniques, il est possible que tu te fasses ta propre opinion en allant vivre cette guerre de l'intérieur, au moment où elle s'est produite, en plusieurs visites.

Edkar écarquilla les yeux.

— Tu veux que je voyage dans le temps ?

— Ce que je te propose est différent. Un voyage dans le temps implique le futur autant que le passé. Moi, je suggère que tu ailles dans la Mémoria, ou mémoire collective, en faisant un voyage à rebours. À ton retour, tu ramèneras une empreinte mnémo-nique dont tu seras imprégné comme si tu avais vrai-ment vécu ce souvenir. Car tu auras eu la capacité de voir, d'entendre et de ressentir les pensées des gens que tu croiseras lors de ton expérience. Mais tu seras un spectateur invisible. Il n'y aura aucune interac-tion entre les protagonistes de ce conflit et toi, et tu ne pourras changer le cours des choses. Tout cela s'est produit il y a bien longtemps, à une époque à laquelle tu n'appartiens pas.

Edkar se frotta le crâne avec vigueur; il essayait tant bien que mal de digérer toutes ces informations.

— Et si je refuse?

Ludrik d'Alcyon hocha la tête.

— Je n'ai pas l'intention de te forcer la main.

— Ce genre de voyage est-il risqué? s'inquiéta Edkar.

— C'est sans danger, mais si tu acceptes ma proposition, tu vas passer par quelques étapes... un peu déstabilisantes.

— Que veux-tu dire?

— Eh bien, remonter le cours de la Mémoria n'est pas de tout repos. Pour le voyageur à rebours, la grande difficulté est de lâcher prise, de renoncer à sa propre identité pour un temps. Ensuite il lui faut accepter d'intégrer la vie de parfaits inconnus. Et pour finir, ce genre de déplacement peut occasionner des nausées et des étourdissements. Oui, ajouta Ludrik qui avait remarqué le geste de surprise d'Edkar, il y a eu des voyageurs du rebours avant toi. Toutefois, et je parle par expérience, ces effets secondaires ne seront pas de longue durée.

— Toi, grand-père, es-tu allé dans la Mémoria?

— Les hommes de notre famille, lorsqu'ils atteignent leurs dix-huit ans, participent à ce rituel qui souligne leur passage à l'âge adulte.

— Il me reste encore trois ans avant d'atteindre l'âge requis. Pourquoi tiens-tu à ce que je ramène ces empreintes maintenant?

— Parce que ces voyages sont d'une grande importance. Ils te prépareront à affronter les difficultés de la vie. Ils t'aideront à comprendre pourquoi certains événements du passé ont, par un effet de dominos, une influence sur ton présent. Je ne fais qu'accélérer un processus par lequel tu serais passé de toute façon. Cela s'inscrit dans ton apprentissage au même titre que l'escrime ou la lutte. La vaillance du corps n'est rien si l'esprit n'a pas développé sa propre force. Ta pensée doit être aussi aiguisée que le fil d'une épée. Tout comme la pierre à affûter est indispensable au tranchant de la lame, les empreintes mnémoniques te seront utiles dans l'avenir.

Edkar ne comprenait pas bien ce qui allait se produire, ni le véritable enjeu de cette expérience. Et s'il éprouvait une certaine fierté d'être initié avant l'âge, il se demandait pourquoi Ludrik semblait si pressé.

— Nous avons vécu repliés sur nous-mêmes, ajouta Ludrik d'un ton pensif, et pendant ce temps le monde qui nous entoure s'est transformé. Tu dois être mieux armé pour faire face au changement.

— Qu'est-ce que les empreintes mnémoniques pourraient m'apporter de plus que tes enseignements? s'obstina Edkar. J'ai déjà tant appris avec toi!

Ludrik eut un sourire.

— Ta confiance m'honore, mais je t'assure que je ne peux rivaliser avec la Mémoria. Tu n'en tireras pas que des désagréments, bien au contraire. Les voyageurs du rebours sont marqués par les empreintes mnémoniques qu'ils rapportent. Ils bénéficient peu à peu du savoir et de l'expérience des gens qu'ils y rencontrent.

Il paraissait évident que Ludrik considérait cette étape comme nécessaire. Edkar pesa le pour et le contre, puis inspira longuement.

— C'est bien, j'accepte.

Puis il attendit les instructions.

— Regarde cette tapisserie, dit Ludrik d'Alcyon en désignant un pan de tissu brodé fixé au mur par des ferrures. Le sujet qu'elle représente est la reddition de Magnus Chastel, la forteresse du roi Arild de Londaure.

Le panneau mettait en scène une bataille autour d'un château adossé à une falaise, flanqué de deux puissantes tours blanches et encerclé par une douve aux eaux rouges de sang.

Au premier plan, des hommes s'entretuaient et d'autres sonnaient du cor. Des hommes et des femmes enchaînés marchaient tête courbée et semblaient emmenés en esclavage par des soldats au regard dur et triomphant. L'expression des vaincus était rendue de façon si réaliste que cela troubla Edkar : il ressentait presque l'horreur, la peur, le désespoir et la résignation qui se lisaient sur leurs visages.

Par-delà les tours du château, un immense rapace emportait une proie très haut dans les airs. L'oiseau gigantesque volait en direction d'un campement de tentes rondes plantées en rang d'oignons. Plus loin, à la lisière d'une forêt, des animaux affolés fuyaient sans savoir où se cacher.

— Je voudrais que tu visites Magnus Chastel. Mais pour te faire la main, ou plutôt l'esprit, je vais t'envoyer au château à la veille de cette terrible bataille. Le choc sera moins grand que si tu te retrouves en pleine mêlée dès la première tentative. Qu'en penses-tu, te sens-tu d'attaque ?

Edkar, la gorge serrée, fit signe qu'il était prêt.

— Tiens, plaçons-nous face à face, et regarde-moi dans les yeux. Maintenant, prends ma main et ne la lâche pas.

Edkar s'exécuta. Ses doigts tremblaient un peu. À la hâte, il se composa un visage impassible avant de laisser les yeux de Ludrik fixer les siens. Bientôt, le regard du vieil homme s'immisça dans le cerveau d'Edkar, pour fouiller jusqu'au tréfonds de son âme...

— Le sablier du temps est inversé... Nous quittons le présent pour rejoindre le souvenir des générations passées. Tu vas atteindre une charnière dans l'espace et retrouver l'empreinte de Magnus Chastel assiégée dans la Mémoria.

À mesure que ces mots pénétraient l'esprit d'Edkar, une sensation étrange l'envahissait, son corps devenait léger, léger... La voix de Ludrik, plus sourde, plus grave que d'habitude, vibrait de paroles hypnotiques qui résonnaient en lui comme un écho infini.

— Délaisse le réel, Edkar, et présente-toi dans ce château encerclé par l'ennemi en l'an 1033 de nos terres...

Edkar se sentit aspiré par une force d'attraction incroyablement puissante. Il lui sembla qu'il parcourait le temps à la course ; mais il s'agissait d'une course folle, à reculons. Des visages défilèrent, il entrevit des funérailles, des mariages, des naissances... Il croisa des vieillards qui rajeunissaient pour redevenir de jeunes adultes qui se transformaient en petits enfants, jusqu'à devenir des bébés qui disparaissaient dans le ventre de leur mère. Dans cette ronde infernale, des lieux qu'il n'avait jamais vus se matérialisaient pour s'évaporer aussitôt. Tout autour de lui, des silhouettes gesticulaient à vive allure. Le processus accéléra et il eut la nausée à force d'être secoué, bousculé, étourdi...

Brusquement, il fut arraché du sol et, basculant sur lui-même, il se retrouva étendu sur le dos.

# CHAPITRE II

*Le véritable voyage de découverte ne consiste pas à chercher de nouveaux paysages, mais à avoir de nouveaux yeux.*

MARCEL PROUST, 1871-1922

Edkar cherchait ses repères. Lorsqu'il eut la force de se relever, il vit une salle différente de celle où il se trouvait quelques instants auparavant. Il sentit la panique monter en lui ; elle menaçait de le submerger, telle une vague gigantesque. Par bonheur, un son familier, rassurant, parvint à ses oreilles, l'aidant à dominer son anxiété. Comme venant de loin, du fond d'un puits très profond, la voix de Ludrik d'Alcyon résonnait dans son esprit :

« Tu es à l'intérieur de Magnus Chastel, la place forte du roi de Londaure. Tu dois te concentrer, ne faire qu'un avec cet environnement. Calme-toi. »

La voix apaisante défaisait un à un les nœuds d'angoisse qui serraient la gorge d'Edkar. Il se souvint de ce que Ludrik avait annoncé : une série d'étapes qui le déstabiliseraient tandis qu'il serait imprégné de l'empreinte mnémonique. Il se força à se détendre. Peu à peu, il fit corps avec les lieux qui l'entouraient.

Ainsi, il sut qu'il se trouvait dans une forteresse semi-troglodyte, sans herse ni pont-levis. Adossée à même le flanc d'une falaise escarpée, toute la partie arrière du bâtiment avait été creusée dans la montagne, mais la façade aux deux tours en ressortait, pareille à une excroissance.

«C'est bien, reprit la voix de Ludrik, laisse cet endroit s'infiltrer en toi.»

Edkar eut alors la vision d'une enfilade de pièces: chambres, salles de réunion, de détente, d'entraînement au combat, de jeux pour les enfants, disséminées sur sept niveaux. Dans les étages inférieurs de Magnus Chastel, on accédait aux écuries, aux cuisines, aux entrepôts, aux celliers et à une étable. L'eau se prenait à même une citerne alimentée par une source souterraine.

Pas une aspérité ne permettait à ces hautes murailles d'être escaladées. Du sol, la première rangée de fenêtres était si haut perchée qu'aucune tour de bois n'était parvenue à les rejoindre. Le jour, un ingénieux système de miroirs répercutait la lumière du soleil sur plusieurs étages.

L'accès à l'intérieur de la citadelle se faisait autrefois en empruntant un des innombrables passages creusés dans la montagne. Mais ces multiples accès avaient été colmatés lorsque les Khelonims, ravageant tout sur leur passage, s'étaient rapprochés de la forteresse. Il ne restait plus qu'une seule et unique entrée secrète menant aux tunnels. Seuls le roi et l'intendant de la Défense en connaissaient l'emplacement exact. N'ayant pas réussi à découvrir l'entrée, les Khelonims s'étaient résignés à attendre. Le temps était leur plus sûr allié. Les Londauriens étaient assiégés, confinés à l'intérieur, et le ravitaillement était dorénavant au centre de leurs préoccupations.

« Maintenant que tu as trouvé tes marques, Edkar, il te faut dépasser ces jalons. Tu dois t'enfoncer davantage dans cette empreinte, l'encouragea la voix de Ludrik. Ce jour-là, dans la blanche forteresse, l'intendant de la Défense, appelé Gorham Baerwold, était posté derrière un rideau en loques... »

Ludrik d'Alcyon se concentra. Il sentait qu'Edkar stagnait, qu'il ne passait pas au niveau de conscience suivant.

— Edkar, secoue-toi! Écoute ce que je te dis. Ce jour-là, dans la blanche forteresse, l'intendant de la Défense du royaume, appelé Gorham Baerwold, était posté derrière un rideau en loques... »

Edkar chercha la fenêtre. Lorsqu'il l'eut repérée, il oublia enfin sa propre existence et parvint à se fondre totalement dans l'empreinte mnémonique.

\*\*\*

LONDAURE, ÉTÉ 1033

Gorham Baerwold regardait par l'ouverture de la fenêtre, tout en se dissimulant derrière un pan de rideau.

C'était un homme de taille moyenne, très musclé. Une cicatrice suivait la ligne de sa mâchoire, tout le long de sa joue droite. Cette balafre ajoutait du caractère à ses traits. Son visage reflétait une grande intelligence mais affichait une expression soucieuse, alors qu'il jetait des regards furtifs vers l'armée ennemie. Pour mieux voir, il écarta le lourd tissu, abîmé et brûlé à plusieurs endroits.

Soudain, il recula dans l'encoignure de la fenêtre. Il venait de repérer un Khelonim scrutant le château avec un œil-perçant, sorte de longue-vue à multiples lentilles. Le soldat ennemi, posté de l'autre côté de la douve, tout en bas, examinait la façade de la citadelle. L'œil-perçant s'attarda à la fenêtre où se tenait Gorham et en fit le tour.

Gorham Baerwold retint son souffle, conscient du danger. Au moindre mouvement détecté, les bombardelles au souffle chaud cracheraient leurs projectiles enflammés. Plusieurs fois déjà, des boules de feu étaient entrées par l'ouverture d'une fenêtre. Il y avait eu des débuts d'incendies, du mobilier détruit, mais chaque fois on avait réussi à éteindre les flammes. En six mois, les Khelonims n'avaient pu venir à bout de l'irréductible Magnus Chastel.

Bombardelles et trébuchet n'avaient pu ébrécher la muraille.

Avec soulagement, l'intendant constata que le Khelonim éloignait l'œil-perçant de l'endroit où il se tenait. Il espéra que les autres habitants de la citadelle assiégée obéissaient au même moment aux consignes de sécurité en vigueur. Depuis que le gros des armées de Tartareüs Koubald s'était positionné en contrebas de la citadelle, les Londauriens devaient rester dans les salles ne possédant aucune ouverture sur l'extérieur. Seuls l'intendant de la Défense et ses hommes pouvaient se déplacer à leur guise.

« Six mois, le plus long siège subi par notre peuple depuis des siècles », pensa Gorham Baerwold, sans cesser d'observer les allées et venues tout en bas, au pied de la forteresse. Il estima les forces armées de l'adversaire à 20 000 Khelonims, peut-être plus. Leurs cuirasses, auparavant étincelantes, étaient passées du cuivre au vert-de-gris. Délavées au gré des intempéries, ces armures khelônes, en forme de carapace de tortue, n'en étaient pas moins efficaces. Aucune pointe de flèche ne pouvait s'y infiltrer, à moins de se ficher par miracle dans un interstice entre deux écailles métalliques, d'un alliage tellement léger que les cavaliers khelônes étaient réputés pour l'incroyable vitesse avec laquelle ils se déplaçaient. L'intendant, lui-même un excellent archer, savait que pour réussir à abattre un Khelonim, on devait escompter le gaspillage d'au moins cinq flèches !

Un grondement constant montait du sol jusqu'à la fenêtre où se dissimulait Gorham. C'était un mélange de cris, d'ordres aboyés, de glapissements et de rires. L'intendant pinça les lèvres.

« Barbares ! » songea-t-il avec mépris.

Une main se posa sur son épaule. Une seule personne pouvait s'approcher ainsi sans bruit, sans que l'intendant détecte sa présence. Gorham Baerwold sut que le roi Arild I$^{er}$ de Londaure était à ses côtés.

— Crois-tu qu'ils vont lancer une nouvelle attaque ? questionna le souverain.

Gorham Baerwold s'assura que l'œil-perçant n'était plus positionné sur la fenêtre près de laquelle ils se trouvaient. Puis il fit un geste de dénégation.

— Je pense que Tartareüs Koubald a pris le parti d'attendre. Il peut se le permettre : la forêt de Sylve lui fournit tout le gibier dont il a besoin pour nourrir ses troupes. Les femmes qui accompagnent son armée vont pêcher et remplir leurs cruches à la rivière. Les officiers réquisitionnent nos vignobles et boivent autant de vin qu'ils le veulent. Pour ces Khelonims habitués à vivre à la dure sur leurs terres de roche noire et de poussière, la condition d'assiégeant au Londaure représente un luxe inouï. Alors qu'ici, continua l'intendant d'un air sombre, les réserves s'amenuisent, le moral dépérit. En plus de la faim,

nous devons combattre l'ennui, l'inaction et la claus-
trophobie... Nos réfugiés sont entassés les uns sur les
autres. Nous manquons tellement de place que plusieurs familles vivent sans aucune intimité, dans une
promiscuité qui favorise les écarts de conduite.

Arild de Londaure leva un sourcil.

— Que veux-tu dire ?

Gorham Baerwold, mal à l'aise, se racla la gorge.

— À l'heure actuelle, trois jeunes filles sont
enceintes.

— Je vois, murmura le roi en triturant machi-
nalement sa barbe. Maintenant que la situation est
connue, est-ce que des mariages sont prévus ?

— Les familles de deux d'entre elles se sont enten-
dues ; il y aura des épousailles dans quelques jours.
Mais la troisième de ces jeunes filles, une orpheline,
se laisse mourir de faim. Le père de l'enfant à venir ne
s'est pas manifesté et elle refuse de le nommer.

À ces mots, le roi serra les poings. Il ne pouvait
supporter l'idée d'un semblable désespoir. Cette jeune
Londaurienne abandonnée, qui avait déjà connu la
douleur de perdre ses parents, se voyait maintenant
rejetée par celui qu'elle aimait. Arild imagina son quotidien : le déshonneur, les chuchotements sur son passage, les regards malveillants posés sur son ventre qui
s'arrondissait. En même temps, elle devait posséder
une certaine force de caractère pour refuser, dans de
telles conditions, de dénoncer le père de l'enfant.

— J'aimerais que tu ailles la voir. Dis-lui que je serai le parrain de son enfant et que je les prendrai tous deux sous ma protection. Je veillerai à ce que l'on s'occupe d'eux. Dis-lui de vivre, sinon sa mort et celle du bébé à naître seront deux victoires de plus pour les Khelonims.

Gorham Baerwold reconnaissait bien là son roi : plein d'empathie pour les souffrances d'autrui.

— J'irai lui parler, Majesté, et je la convaincrai de ne pas perdre espoir.

— Maintenant, combien de temps le siège peut-il durer avec les provisions dont nous disposons encore ?

— Nous pourrons peut-être tenir un mois de plus... mais ce sera difficile. Pour y arriver, nous devrons intensifier le rationnement, bien entendu, ajouta-t-il en soupirant.

Le roi Arild acquiesça. Fuyant l'invasion des Khelonims qui saccageaient les villes et détruisaient les récoltes, tous les Londauriens vivant à proximité de l'imprenable Magnus Chastel s'y étaient réfugiés. Ce flot d'hommes, de femmes et d'enfants avait décuplé la population initiale de la citadelle, ce qui complexifiait la tâche de les nourrir.

L'expression de lassitude sur le visage de Gorham était donc facile à comprendre. Déjà, le rationnement infligeait de terribles sacrifices : les repas étaient passés de trois à deux, puis à une seule ration par jour. La portion de viande se limitait à une par semaine pour les hommes aptes au combat, âgés de seize à soixante ans. Le reste des assiégés n'y avait plus droit et devait se contenter d'une soupe de plus en plus claire, où flottaient deux ou trois rondelles de racines. Un jour sur deux, ce bouillon était accompagné d'une portion de légumineuses de la grosseur d'un poing.

On faisait cuire, mais de moins en moins souvent, quelques fournées de pain, que l'on distribuait sous bonne garde de crainte d'un mouvement de foule. Gorham Baerwold suspectait certains réfugiés du château de s'adonner au vol. Il avait donc dépêché une poignée d'hommes de son intendance pour faire le guet devant les réserves de nourriture. D'autres enquêtaient afin de trouver les coupables.

C'était donc sur ce problème épineux que s'étaient penchés les conseillers du roi Arild lors de la dernière séance du Conseil. L'un d'entre eux, Rumfred de Raefen, avait suggéré que l'on cesse de nourrir les malades, les personnes âgées et les enfants en bas âge afin de faire durer les provisions plus longtemps. C'étaient des créatures inutiles au combat, avait-il plaidé lors de la dernière séance du Conseil royal.

Cette façon de voir les choses n'était pas incongrue pour l'époque. La loi naturelle de la survie des plus forts l'emportait souvent sur toute autre considération. Pourtant, après de longues délibérations, et bien que quelques-uns de ses conseillers aient penché en faveur de la proposition de Rumfred de Raefen,

Arild de Londaure avait mis fin aux discussions en s'y opposant.

— Tous ceux qui se sont placés sous ma protection ont reçu promesse d'assistance et de refuge. Je ne reviendrai pas sur ma parole, quel qu'en soit le coût, avait annoncé Arild. Je vous donne rendez-vous dans une semaine pour le prochain Conseil. Essayons de trouver d'ici là une autre solution à nos problèmes.

Ainsi s'était conclue la séance sept jours auparavant. Rumfred de Raefen avait quitté les lieux en marmonnant que si le roi était trop faible pour couper les branches malades, ce serait l'arbre tout entier qui mourrait tôt ou tard.

C'était à cette réunion houleuse que Gorham Baerwold et le roi songeaient à l'instant même, ainsi qu'à toutes ces bouches qu'il fallait continuer de nourrir malgré la pénurie. Gorham soupira, tandis qu'Arild caressait sa barbe aux reflets roux, avant de s'exclamer, d'un ton qu'il s'efforça de rendre joyeux :

— Allons, mon cher Gorham, ne faisons pas attendre le Conseil !

# CHAPITRE III

Le roi Arild et Gorham déambulèrent le long des couloirs éclairés par des flambeaux. L'emblème du Londaure ornait les murs à intervalles réguliers, sur les tapisseries et les écus encadrés de hallebardes croisées. Le blason londaurien était divisé en deux parties. Celle de gauche arborait la fourrure d'hermine, et à droite, une épée pointée vers le bas traversait une couronne argentée sur champ d'azur.

Le roi marchait à grands pas. Il regardait droit devant lui, saluant au passage les nombreuses personnes rencontrées dans les corridors menant à la salle du Conseil. Enfin, ils arrivèrent devant la double porte cloutée, que des gardes s'empressèrent d'ouvrir.

À l'intérieur de la pièce, cinq hommes étaient assis autour d'une large table de bois massif, sur laquelle jouait la lueur des flambeaux.

Il y avait là Duntor de Vried, venant des provinces de l'Ouest. Massif, il dépassait tous les autres d'une tête. On aurait dit qu'il ne savait jamais quoi faire de ses grands bras et de ses interminables jambes, ce qui le rendait souvent maladroit. Ses longs cheveux brun foncé étaient toujours noués en un petit chignon sur le dessus de la tête. Il portait la barbe depuis l'invasion des Khelonims et avait juré de ne pas se raser tant que le Londaure ne serait pas libéré.

Puis venaient côte à côte Madok et Tolass de Hamenett, deux frères jumeaux aussi dissemblables que possible : l'un était petit et noueux, l'autre grand et rieur.

En face d'eux, Achikur Lesserlink, un homme aux cheveux cendrés, consultait un parchemin. Enfin, isolé au bout de la table, Rumfred de Raefen pianotait avec impatience. Vêtu de violet, il était le seigneur de nombreux domaines et ses terres avaient été les premières à subir l'invasion khelône. N'ayant pu repousser le déferlement d'hommes en provenance du Khel Maï, il avait dû fuir devant l'ennemi. Cet échec lui restait en travers de la gorge et il ne décolérait pas depuis son arrivée à la forteresse. Cela lui avait valu le surnom de Rumfred l'Irascible. Il gouvernait la Maison des Oiseleurs et ne se déplaçait jamais sans son choucas géant à l'épaule. En ce moment même, Corvus sautillait en croassant sur la clavicule de Rumfred de Raefen. Il était aussi noir de plumes que son maître l'était de cheveux, et tous deux avaient busqué l'un le bec et l'autre le nez.

À l'arrivée d'Arild et Gorham, tous les conseillers se levèrent. Duntor de Vried sauta sur ses pieds avec tant de fougue qu'il en renversa sa chaise. À seize ans, il était très jeune pour siéger au Conseil. Mais tant d'hommes expérimentés étaient morts au combat que les fils devaient les remplacer. Liam de Vried, le père de Duntor, avait été tué deux mois plus tôt alors qu'il organisait une rébellion contre des troupes khélônes dans l'Ouest. Depuis ce jour funeste, Duntor, qui adorait le roi, le servait et ne le quittait plus.

Dès qu'il vit Achikur Lesserlink, le souverain franchit en quelques enjambées la distance qui les séparait et le serra contre son cœur. Achikur était son frère de lait, son meilleur ami. Ils se connaissaient depuis le berceau, la mère d'Achikur ayant été la nourrice du roi. Elle avait allaité les deux bébés, nés à quelques jours d'intervalle, et les avait élevés ensemble.

Puis Arild invita les autres à reprendre leur place : la séance allait commencer. Les lourdes pattes de chaises raclèrent le sol. Lorsque le silence fut rétabli, Achikur Lesserlink prit la parole.

— Mon Roi, j'ai beaucoup réfléchi depuis la dernière séance. Les gens ont faim, la nourriture fond comme neige au soleil et nous sommes cernés par les troupes de Tartareüs Koubald. Il nous faut chercher de l'aide. En conséquence, je propose que nous tentions une sortie.

— Sous le nez des Khelonims, ce serait suicidaire !
s'exclama Rumfred de Raefen, toujours prêt à contredire Achikur.

— La situation est critique, objecta Achikur Lesserlink en haussant les épaules. Nous sommes enfer-
més ici comme des rats, qu'avons-nous à perdre au
juste ?

Sa voix mélodieuse fit une courte pause, le temps
que ses auditeurs réfléchissent au sens de ses paroles.
Puis il reprit, devançant Rumfred qui ouvrait la
bouche :

— Nous n'avons pas de nouvelles du royaume
de Fellebris. Aucun des porteurs de messages n'est
revenu. C'est bien étrange. Qu'en penses-tu, Rumfred ? questionna Achikur d'une voix légèrement
ironique.

L'insinuation était à peine voilée. La Maison des
Oiseleurs, Rumfred de Raefen en tête, avait la charge
de toutes les communications vers l'extérieur. De nombreux oiseaux avaient été envoyés vers le royaume de
Fellebris, puissant allié du Londaure. Chacun d'entre
eux portait une bague à la patte, à laquelle était fixé
un message d'appel à l'aide. Un à un, ils avaient disparu par-delà la forêt, à grands coups d'ailes réguliers.
Ensuite plus rien, aucun n'avait rapporté de réponse.
Pourtant, ces coursiers du ciel avaient développé, avec
l'aide des oiseleurs, des habiletés incroyables. Leurs
ancêtres n'étaient capables que de retourner au nid,

mais eux se dirigeaient à destination par leur propre volonté. Ils pouvaient aussi interpréter le langage humain et se faire comprendre des oiseleurs.

Rumfred de Raefen aurait pu leur interdire de voler vers Fellebris, ou leur commander de ne jamais revenir à Magnus Chastel... L'hypothèse, bien que non formulée, s'immisçait dans les esprits, d'autant que le chef des oiseleurs ne répondait pas. Il ne pouvait pas répliquer, il étouffait de rage. Achikur Lesserlink promena son beau regard sur les visages tendus de Duntor, Madok et Tolass. Puis, croisant les bras sur sa tunique aux couleurs du Londaure, il toisa Rumfred, qui se décomposait sous l'effet de la colère.

— Sire, est-ce que... dois-je comprendre..., balbutia Rumfred de Raefen, que votre frère de lait m'accuse de négligence, voire de trahison ?

— Personne ne t'accuse de quoi que ce soit, Rumfred, s'empressa de dire le roi en posant une main apaisante sur l'avant-bras de l'oiseleur.

Celui-ci se déroba à son geste. Bouillant d'indignation, il se leva pour partir, mais le roi lui fit signe de se rasseoir, tout en jetant un regard de reproche à Achikur Lesserlink.

Duntor de Vried toussota. Il se demandait si le roi ne faisait pas trop confiance au chef des oiseleurs. Rumfred de Raefen ne lui avait jamais inspiré confiance et la disparition systématique des messagers volants était à ses yeux plus que suspecte.

Ce fut l'oiseleur qui suggéra en guise de défense :

— Les archers khelônes ont pu abattre nos oiseaux en vol !

— Pourtant, ces oiseaux devaient être sélectionnés parmi tes meilleurs spécimens..., railla Achikur.

— ASSEZ !

L'ordre crié par le roi arrêta net les deux hommes.

— Je ne veux plus entendre parler de la disparition des oiseaux pour l'instant, trancha Arild de Londaure, alors que nous devons débattre sur la possibilité d'effectuer une sortie hors du château. Qui est pour et qui est contre ?

Les mains jointes, il attendit l'avis de ses conseillers. De haute stature, le roi portait les cheveux mi-longs et une courte barbe en collier. Son visage attirant, à la mâchoire carrée, était éclairé par des yeux bruns un peu enfoncés sous l'arcade sourcilière.

Le premier à parler fut Madok de Hamenett. Parce qu'il donnait rarement son opinion, celle-ci n'avait que plus de poids lorsqu'il se décidait à l'exprimer.

— Je me range à la proposition d'Achikur, Sire. Une expédition de sortie doit être organisée. J'ai fait l'inventaire des vivres. Il en reste si peu que nous devrons bientôt abattre les dernières brelettes.

Il y eut un silence pénible. Déjà les volailles de basse-cour, poulardes, pattes-rousses et crêtes-de-feu avaient été sacrifiées. Après les brelettes, ce serait le tour des autres animaux, cavalyres[1] et taurées dont le lait nourrissait les nombreux enfants présents à Magnus Chastel. Et sans cavalyres, comment fuir la forteresse en cas d'évacuation ?

— Nous avons la chance que l'approvisionnement en eau ne pose pas de problème, renchérit Tolass, le frère de Madok. Mais la nourriture demeure indispensable.

Arild de Londaure et ses conseillers approuvèrent d'un signe de la tête.

— Je vote aussi pour une tentative de sortie. Nous devons essayer de rejoindre Fellebris et d'en ramener des renforts. Nos hommes, sous-alimentés, ne pourraient tenir la main haute aux Khelonims si ceux-ci se décidaient à attaquer, dit Duntor. Et je veux savoir pourquoi la reine Aster, sœur de notre reine bien-aimée Lyatris, ne nous a pas encore envoyé d'aide.

Un murmure fit le tour de la table. Tous se posaient la même question. Car même si aucun des messagers volants n'était arrivé à bon port, il était impossible qu'Aster de Fellebris ne connaisse pas les déplacements de l'armée khelône. On savait qu'elle envoyait de nombreux émissaires aux quatre coins des mondes connus afin qu'ils lui fassent rapport du moindre mouvement dans les États voisins.

---

1. Cavalyre : bête ressemblant à un cheval cyclope, et dont la crinière et la queue se retroussent en forme de lyre lorsqu'elle est au repos.

Le royaume de Fellebris, le plus puissant des Terres Continues, était bordé d'un côté par la mer et de l'autre par une forêt infestée d'Écorcheurs, bandits de grands chemins qui rançonnaient les gens de passage en échange de leur liberté.

Fait plus troublant encore, on racontait dans les auberges que depuis quelques années, un étrange brouillard descendait à intervalles réguliers sur cette forêt. Alors c'étaient d'autres périls, créatures monstrueuses et diableries qui y attendaient les voyageurs. Pourtant, une fois cet obstacle franchi, on arrivait dans un royaume si prospère que ses habitants n'avaient jamais connu de privation.

L'espoir ne pouvait donc venir que de Fellebris. Ainsi en décida, à la majorité moins une voix, le Conseil du roi Arild.

# CHAPITRE IV

*Il y a de ces visages qui portent affiché comme un blâme universel.*
ALAIN (ÉMILE-AUGUSTE CHARTIER), 1868-1951

— Je réclame cet honneur, Sire, dit Achikur Lesserlink.
Le roi eut un geste de dénégation instinctive. Il
aimait son frère de lait autant que si les liens du sang
les avaient unis. Cependant, Achikur, dont les yeux
avaient pris la couleur du silex, déclara d'un ton sans
équivoque :

— Je sais que je suis le mieux placé pour discuter
avec la reine Aster.

Le regard du roi fit une nouvelle fois le tour de
la table, à la recherche d'un émissaire potentiel qu'il
pourrait déléguer à la place d'Achikur. Pensif, il jau-
gea ses sujets chacun leur tour. Cet examen ne lui
donna pas satisfaction.

Aster de Fellebris, au caractère entier et orgueil-
leux, n'accepterait de dialoguer qu'avec un des proches
du roi. Achikur, même s'il était de basse extraction
par sa naissance, demeurait le candidat idéal. De plus,
il était aussi fin stratège qu'habile au combat. Bref, il

avait tout ce qu'il fallait pour réussir. Mais Arild hésitait à se séparer de lui...

— J'irai à Fellebris si telle est votre volonté, Sire ! proclama une voix.

Toutes les têtes se tournèrent dans la direction de Rumfred de Raefen. Les bras croisés sur la table dans une attitude de tranquille défiance, il esquissa un sourire narquois. Sur son épaule, Corvus déploya ses ailes, puis les referma brusquement. Criiii ! Crââââ ! Le cri strident fit sursauter les hommes présents, à l'exception de son maître, imperturbable.

Achikur lui lança un regard aigu. N'ayant aucune intention de se faire imposer un compagnon de route dont il se défiait, il objecta :

— Pour ne pas attirer l'attention de l'ennemi, je compte me déplacer avec une dizaine de mes meilleurs hommes, Sire. Le seigneur de Raefen devrait s'occuper de sa Maison et aider à la défense de Magnus Chastel au lieu de se croire obligé de me tenir compagnie.

Les yeux des membres du Conseil allaient d'Achikur Lesserlink à Rumfred de Raefen. Ce dernier leva un gant violacé pour reprendre la parole :

— Je m'offre pour aller à Fellebris avec des hommes de ma propre Maison. Je puis tout aussi bien que vous entrer en pourparlers avec la reine Aster, et je veux savoir ce qu'il est advenu de mes oiseaux-messagers.

Achikur Lesserlink sourcilla.

— Justement, ce mystère n'ayant pas été élucidé, serait-il judicieux de choisir Rumfred de Raefen pour cette mission? lança-t-il à la ronde en faisant une moue dubitative.

Autour de la table, les hommes hésitaient à prendre parti. Si Achikur leur était sympathique, Rumfred était à la tête de la plus puissante Maison du Londaure. Un conflit interne devait être évité par tous les moyens.

Ce fut Gorham Baerwold qui rompit le silence.

— Que messire Lesserlink et le seigneur de Raefen, accompagnés d'une suite de leurs meilleurs hommes, fassent le voyage ensemble. Ils ne seront pas trop de deux pour mener à bien cette mission. En agissant ainsi, nous doublons nos chances de réussite.

Une rumeur d'approbation s'éleva autour du roi. Voyant que le souverain hésitait, Gorham continua:

— Nous devons faire vite, Sire, et nous n'avons pas le loisir de tergiverser plus longtemps. Ils doivent partir dès ce soir et il reste à peine une heure avant le coucher du soleil. Messire Lesserlink et le seigneur de Raefen ont des préparatifs à faire avant leur départ.

Bien que soucieux, le roi ne pouvait que lui donner raison: le temps pressait. Cependant, la tournure des événements ne lui plaisait pas du tout. Sans être tout à fait convaincu d'une trahison de la part de Rumfred de Raefen, il savait que ce dernier exécrait Achikur, et vice-versa.

Quant aux deux hommes concernés, la mine assombrie, ils se guettaient du coin de l'œil. Achikur rongeait son frein parce que Rumfred venait déranger ses plans, et Rumfred fulminait, conscient d'éveilller la suspicion de plusieurs membres du Conseil.

Le roi se tourna vers Gorham Baerwold.

— Je veux que l'on crée une diversion pour protéger leur fuite.

— J'y avais déjà songé, Sire. Une unité d'archers se postera aux remparts et une volée de flèches enflammées sera décochée en direction du campement khelône. Avec un peu de chance, nous déclencherons quelques foyers d'incendie dans le camp du tartareüs. Je compte sur la surprise et la commotion que cette attaque va provoquer. Les Khelonims, occupés par les feux à éteindre, relâcheront leur surveillance et les messagers pourront rejoindre la forêt de Sylve sans être repérés par l'ennemi. Enfin, précisa-t-il, c'est ce que je souhaite.

À contrecœur, le roi leva la séance. Rumfred de Raefen passa devant le groupe en coup de vent. Sa tunique violette disparut au détour d'un couloir, survolée en silence par Corvus. Puis Arild, après avoir entouré de son bras les épaules d'Achikur, quitta la salle, suivi de Duntor de Vried et des frères de Hamenett.

# CHAPITRE V

À la tombée de la nuit, Rumfred de Raefen, avec Corvus sur l'épaule, rencontra Achikur Lesserlink devant un large couloir, dont l'entrée était surveillée par de nombreux gardes armés. Les deux agents du roi étaient accompagnés de six hommes chacun.

Gorham Baerwold les attendait. Comme eux, il portait une cotte de mailles sous sa tunique. Sans perdre de temps, Gorham remit un rouleau de documents à chacun des chefs de l'expédition, puis il fit signe à ses gardes de laisser passer la troupe.

— Bonne chance, dit-il en s'adressant à Achikur.

Il allait faire de même pour Rumfred, mais son air maussade l'en découragea.

— Que force et raison vous accompagnent, messeigneurs.

Gorham Baerwold s'éloigna. Il devait rejoindre ses archers pour diriger la diversion.

Achikur et Rumfred, accompagnés de leurs escortes respectives, enfourchèrent leurs montures et s'engagèrent deux par deux dans le passage taillé à même le roc. Les cavalyres, excités, semblaient sentir d'instinct la chevauchée toute proche. Ils secouaient la tête en raclant la pierre d'un sabot vigoureux.

Ils arrivèrent bientôt dans une vaste salle circulaire dont le pourtour était orné de statues représentant différents rois de Londaure : Albred le Prévoyant, Alfrik Tête-en-Fer, Audobald le Juste, Amauric Cœur-Loyal et plusieurs autres, immortalisés dans la pierre après leur règne. Chaque monarque, sculpté debout, jambes écartées, joignait les mains sur la poignée d'un glaive tenu à la verticale, lame pointée vers le bas. Des pierres précieuses scintillaient sur les plis de leurs vêtements ainsi que sur chacune des couronnes ceignant leurs fronts.

Hommes et bêtes s'étaient immobilisés. Tous ressentaient une impression de sacré, comme dans un temple ou une église. Le profond silence fut interrompu par un cavalyre soufflant avec impatience l'air de ses naseaux.

Ce bruit ramena Rumfred de Raefen à la réalité.

— Mettez pied à terre ! ordonna-t-il à la ronde. Messire Lesserlink et moi devons ouvrir l'Ultime Sortie.

En un instant, les cavaliers furent aux côtés de leurs montures. Plusieurs s'étonnaient et chuchotaient.

— Maintenant, tournez-vous, mes amis, enjoignit Achikur Lesserlink aux douze hommes qui les accompagnaient. Seuls le seigneur de Raefen et moi-même sommes autorisés à connaître le moyen d'ouvrir le passage vers l'extérieur. Ceci est un ordre formel de votre roi.

Il avait parlé d'une voix douce, sans élever le ton. Pourtant, pas un seul homme n'essaya de lui résister. Ils se retournèrent d'un bloc.

— Le temps presse, Lesserlink, grommela Rumfred de Raefen avant de réciter les deux premiers vers de la directive royale : *Sur la couronne du premier roi de la lignée, La septième précieuse, tu devras incliner...* Se dirigeant prestement vers Albred le Prévoyant, il passa les doigts sur l'anneau de roche qui lui encerclait la tête. Rubis, émeraude, béryl, diamant, opale, améthyste et saphir... Il était arrivé à la septième pierre incrustée. Il essaya de la faire bouger vers la droite, sans succès. Il retenta la manœuvre vers la gauche. Le saphir bascula d'un quart de tour, puis s'immobilisa.

Un imperceptible déclic se fit entendre tout près d'Achikur qui attendait plus loin, aux côtés d'Audobald le Juste, tandis qu'il se remémorait les trois vers suivants :

*Le glaive du Juste sera libéré*

*Lorsque la poignée fera tourner*

*Pour saisir le fil, unique Clé.*

Sous l'action du mécanisme mis en branle par Rumfred, le glaive du roi Audobald s'enfonça dans le sol. La poignée fut ainsi soustraite à l'étreinte des mains de pierre et Achikur n'eut plus qu'à la dévisser. En se penchant, il constata que l'intérieur du glaive était creux. Il en retira une tige métallique, plate comme une limande, de la longueur d'un bras d'homme et de la largeur d'un doigt. Elle était embossée de motifs anciens.

Achikur l'emporta derrière le monument d'Amauric Cœur-Loyal et essaya de trouver sur le dos de la statue une quelconque ouverture ressemblant à une serrure. Mais Rumfred le rappela à l'ordre :

*Derrière Cœur-Loyal insérée*

*Dans la septième serrure*

*Que t'offrira le mur.*

*En partant du bas,*

*Compte sept fissures.*

*Dans une cavité tu placeras*

*Sans crainte ton œil droit.*

*Enfin, les bras en croix*

*L'emplacement désignera ton doigt.*

Achikur Lesserlink se tourna donc vers la paroi rocheuse pendant que Rumfred comptait les lézardes balafrant le mur de la salle. À la septième fissure en partant du sol, Rumfred de Raefen remarqua un très petit renfoncement. Il plaqua son torse contre la pierre, puis plaça son œil droit vis-à-vis de la minuscule cavité et écarta les bras en croix. D'un côté, le pan de pierre était lisse, sans aucune écorchure, saillie ou craquelure. Mais les doigts de sa main gauche vinrent toucher une strie presque invisible à première vue.

Ne sachant trop s'ils avaient repéré le bon endroit, cette septième serrure dans laquelle la tige métallique ferait office de clé, Achikur s'approcha à son tour et entreprit d'insérer la longue tringle embossée dans la fissure. Toutefois, il était si anxieux que ses mains, prises d'un tremblement incontrôlé, firent dévier la tige. Il dut s'y reprendre à trois fois pour trouver dans quel sens la glisser avant de sentir que le métal s'enfonçait bel et bien dans le roc.

Quand la tige rencontra une résistance, un grondement sourd, suivi de vibrations sous leurs pieds, indiqua aux deux hommes que le mécanisme venait d'être actionné. Au grand soulagement de Rumfred de Raefen, l'éternel pessimiste, les rouages qui n'avaient pas servi depuis longtemps fonctionnaient encore. Lentement, un pan de la muraille se rétracta. L'Ultime Sortie était ouverte, et un grand vent d'air frais s'engouffra dans la pièce, soufflant d'un coup les deux flambeaux qui éclairaient la salle.

Aussitôt, les cavalyres piaffèrent d'impatience, leur œil unique exorbité et les naseaux dilatés. Sur l'ordre de Rumfred de Raefen, les cavaliers enfourchèrent leurs montures et dans le noir se dirigèrent vers la Sortie. À l'extérieur, sur le flanc de la falaise, l'ouverture béante était dissimulée par une gigantesque chute. Semblable à un rideau, l'eau giclait avec force. Son vrombissement couvrait le bruit des sabots sur la pierre. Bien à l'abri derrière la cataracte, les cavaliers attendaient leurs chefs.

Sans perdre un instant, Achikur remit la tige métallique dans sa gaine, puis revissa la poignée du glaive. Guidé par le mugissement de l'eau, il se dirigea vers la sortie pendant que Rumfred inversait l'inclinaison du saphir sur la couronne d'Albred le Prévoyant. Dès que la pierre précieuse retrouva sa position initiale, le mécanisme se déclencha. Mais la fermeture fut bien plus rapide que l'ouverture. Ayant fonctionné une première fois, les rouages avaient retrouvé toute leur puissance. Surpris, Achikur se rua vers la sortie qui rapetissait, tandis que Rumfred de Raefen, beaucoup plus loin derrière, trébuchait dans l'obscurité. Reprenant pied, il cria :

— Lesserlink, où êtes-vous ?

Aucune réponse ne vint. Il prit son élan, franchit plusieurs pas et frappa de plein fouet une des statues.

Étourdi, il sentit un liquide épais couler le long de l'arête de son nez. Il s'efforça de ne pas penser à la douleur. Pour se situer dans la salle obscure, il essaya à tâtons de reconnaître les monuments. Mais ses doigts ressemblaient aux pattes de deux araignées prises de folie. Ils allaient d'une statue à l'autre sans pouvoir les différencier. Dans le noir, les monarques londauriens étaient tous semblables.

Soudain, des ongles ou des griffes agrippèrent le dessus de sa tête. On tirait sur ses cheveux avec force. La première pensée de Rumfred fut qu'il s'agissait d'une buveuse-sanguine, grosse chauve-souris pouvant terrasser une proie dix fois plus grosse qu'elle et la vider de sa substance en un rien de temps, grâce à sa bouche ventouse munie de crocs.

« Crrriiirââââ! » croassa Corvus, indigné.

— Ah! C'est toi, compagnon, balbutia son maître, terriblement soulagé. Aide-moi, Corvus.

Aussitôt, l'oiseau lui piqua le dessus du crâne de plusieurs coups de bec.

« On se calme! » semblait-il dire.

L'homme comprit et s'immobilisa. Puis le choucas battit des ailes et prit son envol, en tirant sur la longue chevelure noire.

« Il veut me guider », pensa Rumfred, en orientant sa course vers la gauche pour suivre la direction prise par l'oiseau.

« Maintenant, à droite. »

Le bruit de la chute était beaucoup plus fort. Il sentit l'air frais du dehors. Corvus le tirait tout droit à présent, et le rythme de ses battements d'ailes accélérait. Il fallait faire vite, l'énorme pan de muraille était presque refermé.

Lorsque Rumfred de Raefen atteignit l'ouverture, il plongea, agrippant la pierre des deux mains. Il dut se plaquer contre le roc et glisser de côté dans la fente à peine assez large pour qu'il puisse s'y faufiler. Il sentit une pression écrasante contre son sternum et eut tout juste le temps de retirer son bras et sa jambe. Les deux parois du mur s'encastrèrent l'une dans l'autre. Il ne restait plus aucune trace de l'existence d'une porte dans la roche absolument lisse.

« Crrrrriiii ! Crrâ ! » crailla Corvus, triomphant.

Rumfred de Raefen, haletant, reprenait son souffle. À la lueur de la lune, il ne distinguait que des ombres.

— Lesserlink, où êtes-vous ?

— Juste à côté de toi, Rumfred, répondit Achikur en lui agrippant le bras. Tu nous as fait une belle peur, j'ai cru que tu restais coincé à l'intérieur.

— Ce qui vous aurait convenu, n'est-ce-pas ? Si j'avais été pris de l'autre côté de la porte, vous seriez parti avec les hommes et vous auriez pu mener l'expédition comme vous l'entendiez !

La rage s'entendait dans les accusations du chef de la Maison des Oiseleurs.

— Encore une démonstration de ta nature soupçonneuse, soupira Achikur Lesserlink avec une intonation de compassion dans la voix.

— Alors, pourquoi n'avez-vous pas répondu à mes appels ?

— Avec le bruit de l'eau, je n'ai rien entendu, voilà tout! Bon, maintenant, assez d'explications qui ne mènent à rien. En selle, mes amis!

— Oiseleurs, sur vos cavalyres! ordonna Rumfred de Raefen, pendant qu'un de ses hommes lui tendait les rênes de son fidèle Aquila.

À deux cavaliers de front, trottant dans le couloir formé par l'écart entre la chute d'eau et la paroi de pierre, les douze hommes et leurs chefs atteignirent l'endroit où le rideau aqueux se terminait. À partir de ce point, ils galoperaient à découvert. Se tournant vers le camp khelône et la forteresse assiégée, ils virent de nombreuses lueurs aux remparts. Elles s'élançaient dans un gracieux arc de cercle, telles des comètes de lumière, pour atterrir sur les tentes des Khelonims. Le chaos s'était emparé du campement qui s'embrasait par endroits. Au milieu des cris, les soldats du tartareüs travaillaient sans relâche pour éteindre les flammes. La diversion battait son plein.

— À Fellebris! cria Rumfred de Raefen.

— Au service du roi! clama Lesserlink.

Sur ces mots, les émissaires lancèrent leurs cavalyres dans un galop frénétique en direction de la forêt de Sylve.

# CHAPITRE VI

*On transforme sa main en la mettant dans une autre.*

PAUL ÉLUARD, 1895-1952

## DOMAINE DE SOUVENANCE, AUTOMNE 1298

Edkar était revenu de la Mémoria sans trop savoir comment. Étourdi, il s'était retrouvé dans la salle d'armes où un bon feu flambait dans l'âtre. Ludrik d'Alcyon lui appliquait une compresse froide sur le front. Des herbes infusaient dans une petite théière d'étain et l'arôme qui s'en dégageait avait quelque chose d'apaisant. Peu à peu, Edkar avait repris pied dans le présent. Une vague d'excitation le submergea lorsqu'il se rappela tout ce dont il avait été témoin.

— Grand-père, c'était incroyable ! J'ai vu...

Il s'interrompit de lui-même car les murs de la pièce s'étaient mis à tourner. Comprenant son malaise, Ludrik déclara avec fermeté :

— Nous en reparlerons quand tu te seras reposé. Cette excursion dans la mémoire collective a été exigeante, je le vois bien. Tu dois reprendre des forces.

Ludrik d'Alcyon avait raison. Épuisé, Edkar dormit toute la journée et ne se réveilla qu'en fin de matinée le lendemain. Cette fatigue était normale lors d'un premier voyage à rebours, lui expliqua Ludrik plus tard dans la journée, alors qu'ils cueillaient des champignons.

— Avec plus de pratique, les effets secondaires diminueront. Alors, qu'as-tu pensé de ta première expérience dans la Mémoria ? s'informa-t-il.

Edkar prit le temps de réfléchir. Exprimer la multitude de sentiments qui étaient reliés à son voyage à rebours n'était pas facile.

— En premier, je me souviens d'avoir été inquiet. Tout allait si vite... et à reculons !

— En effet, c'est plutôt inusité comme sensation, acquiesça Ludrik. Ton appréhension était tout à fait justifiée.

— Ensuite, j'ai eu l'impression de faire partie intégrante de tout ce que je voyais. Je ressentais les choses de façon très réelle.

Edkar arracha quelques bolets et les jeta dans le panier que tenait son grand-père.

— Je me demande bien à quoi ce souvenir va pouvoir me servir, ajouta-t-il, intrigué, en coulant un regard de biais vers Ludrik.

— Ce pourrait être une question de vie ou de mort, Edkar. Jusqu'à présent, tu as connu une vie paisible, à l'abri du danger, entre notre domaine de Souvenance et Mesnil-les-Oublies, le village voisin. Cependant, certaines rumeurs circulent selon lesquelles une bande armée sème la panique dans le pays. On dit que le meneur de ces brigands offre la vie sauve à tous ceux qui grossiront ses troupes. Tant et si bien que ce ramassis d'individus mal intentionnés commence à ressembler à une véritable armée. Si ces gens s'en venaient par ici et qu'un conflit devait éclater, je veux que tu sois préparé à y faire face, mieux que tu ne l'es aujourd'hui.

Edkar avait une boule dans l'estomac. L'urgence qu'il avait perçue dans la voix de Ludrik le rendait nerveux.

— Excuse-moi, grand-père, mais je ne vois pas comment les souvenirs de parfaits inconnus, morts depuis bien longtemps, pourraient m'aider à défendre ma vie en cas d'attaque.

— Je t'assure pourtant que les effets de la Mémoria ne seront pas longs à se faire sentir. Quand tu récoltes des souvenirs, tu bénéficies de certains acquis. Au bout de trois empreintes mnémoniques environ, tu devrais être en mesure de mieux juger de la pertinence des voyages à rebours. Me fais-tu assez confiance pour retenter l'expérience ?

Edkar finit par accepter, mais à une condition.

— Si après avoir récolté trois empreintes je ne vois toujours pas ce que peut m'apporter ce genre de démarche, j'arrête tout. Je mettrai à profit les heures que j'aurai consacrées à la Mémoria pour m'entraîner au combat avec toi. C'est d'accord?

— Marché conclu, répondit Ludrik avant d'essuyer une grosse goutte qui venait de frapper sa joue. Il commence à pleuvoir. Retournons vite à la maison!

Le vieil homme dévissa son bâton de marche. L'intérieur était creux et il en retira un petit cylindre qu'il ouvrit au-dessus de leurs têtes. Une grande ombrelle déploya sa corolle de papier laqué. Ils accélérèrent le pas et furent bientôt en vue de Souvenance, leur majestueuse demeure flanquée de deux tours de pierre. S'engouffrant à l'intérieur, Ludrik se dirigea vers la cuisine. Sa femme Cobée et Joubarbe, une vieille servante, préparaient un ragoût. Ludrik tendit le panier d'osier à Cobée. Elle eut un sourire radieux.

— Belle récolte!

— Justement, ma douce, parlant de récolte, Edkar va retourner dans la Mémoria.

— Déjà?

— Oui, il n'y a pas de temps à perdre. Peux-tu veiller à ce que personne n'entre dans la Grande Salle?

— On ne viendra pas vous déranger, répondit-elle en soulevant le panier débordant de gros champignons odorants. Mais fais manger Edkar avant de l'envoyer là-bas, il est tout pâle.

Cobée examinait le garçon avec anxiété. Désirant l'empêcher de trop s'en faire, Ludrik lui caressa la joue puis s'empara d'un demi-pain et d'un gros morceau de fromage.

\*\*\*

Edkar était bien trop préoccupé pour faire autre chose que grignoter du bout des lèvres. Il ne tarda pas à rejoindre Ludrik, en contemplation devant la tapisserie illustrant la reddition de Magnus Chastel. En silence, ils s'imprégnèrent de la scène. Edkar se sentit encore plus fasciné que la première fois où il avait posé les yeux dessus. Incapable de détacher son regard des tentes rondes du camp khelône, il réalisa qu'il ignorait tout des ennemis des Londauriens.

— Je voudrais visiter le campement de Tartareüs Koubald, dit-il.

— Si c'est la destination que tu souhaites, alors il en sera ainsi, répondit Ludrik d'Alcyon. Place-toi en face de moi et regarde-moi dans les yeux. Maintenant, prends ma main et ne la lâche pas.

Comme la première fois, le regard de Ludrik fouilla jusqu'au tréfonds de l'âme d'Edkar et s'immisça dans son cerveau...

— Le sablier du temps est inversé... Nous quittons le présent pour rejoindre le souvenir des générations passées. Tu vas atteindre une charnière dans l'espace et retrouver l'empreinte que les Khelonims ont laissée dans la Mémoria un peu avant la reddition de Magnus Chastel.

À mesure que ces mots pénétraient l'esprit d'Edkar, la sensation de légèreté l'envahissait... La voix, plus sourde, plus grave que d'habitude, le magnétisait de nouveau.

— Délaisse le réel, mon garçon, et présente-toi dans ce campement khelône encerclant le château du roi Arild, à la veille de la bataille...

Soudain, le mécanisme remontant le cours des souvenirs aspira Edkar, tel un vortex, dans la course à reculons. Il croisa des vieillards rajeunissant jusqu'à devenir des nourrissons, lesquels réintégraient le ventre de leur mère, qui à son tour s'aplatissait... Comme l'autre fois, le processus accéléra, encore et encore, jusqu'à la démence. Brusquement, une énorme succion vers l'arrière l'arracha du sol.

Retombant sur le dos, Edkar reprit son souffle avec plus de facilité que lors de son premier voyage dans la Mémoria. Il se releva, regarda autour de lui et se concentra. Il n'était plus le jeune Edkar, mais un observateur invisible. Cette fois-ci, il n'eut pas besoin d'aide pour fusionner avec l'empreinte mnémonique qu'il s'apprêtait à visiter. Il savait qu'il lui suffisait d'abandonner son identité pour faire partie de toute chose : des plantes, des animaux, des humains et de leurs pensées. Il lâcha prise.

***

CAMP DES KHELONIMS, ÉTÉ 1033

En face de Magnus Chastel, le camp fortifié des Khelonims s'étendait en un large demi-cercle sur une lieue environ. Il fallait une heure pour le traverser sur toute sa longueur. L'herbe n'y repoussait plus tant elle avait été foulée depuis six mois que durait le siège. Il suffirait de quelques jours de pluie consécutifs pour que le sol devienne une mare de boue. Après deux semaines sans la moindre averse, la terre était si poudreuse qu'une épaisse couche de poussière grisâtre recouvrait la toile des tentes rondes, alignées à perte de vue.

Les Khelonims venaient du Khel Maï. C'était un pays aride, coincé entre la mer de Borée, aux eaux glaciales et tempétueuses, et l'Irgul Zom, une chaîne de montagnes longtemps demeurée infranchissable. Les Khelonims avaient vécu à la dure sur leur terre de roches aux écarts climatiques extrêmes : chaleur torride le jour et froid mordant la nuit.

Après des siècles d'isolement, un groupe de Khelonims avait fini par trouver un passage dans la montagne. Guidés par un jeune berger, ils avaient traversé l'Irgul Zom et triomphé de ses pics et arêtes acérés, de ses gouffres profonds et de ses falaises vertigineuses.

Lorsque ces Khelonims étaient arrivés pour la première fois de l'autre côté de l'Irgul Zom, ils avaient découvert des terres d'une incroyable richesse. Sous leurs yeux émerveillés s'étalaient les plaines fertiles du Londaure, sillonnées de cours d'eau poissonneux. Les forêts regorgeaient de gibier tandis que villes et villages se développaient dans la prospérité. Revenus dans leur pays désertique, les Khelonims avaient décrit un paradis habité par des hommes qui ne connaissaient pas la pauvreté.

Le tartareüs Koram, chef suprême qui régnait alors sur le Khel Maï, avait dépêché d'autres émissaires en direction de ce pays opulent. Pendant une vingtaine d'années, des échanges pacifiques avaient eu cours entre les Londauriens et les Khelonims.

Mais tout avait changé avec l'avènement de son fils Koubald, un homme envieux et ambitieux. En prenant le pouvoir, il n'avait pas tardé à vouloir mettre la main sur les riches terres du Londaure. Pour ce faire, il avait passé les premières années de son règne à établir et renforcer son organisation militaire. À présent, Tartareüs Koubald possédait une armée efficace et redoutable que l'on appelait la Horde Foudroyante. Tout son pouvoir reposait sur l'obéissance aveugle de cette armée soumise à une discipline de fer. La moindre entorse au règlement était punie par le fouet ou le bâton. Un défi ouvert contre l'autorité d'un supérieur pouvait valoir la mort, si bien que les cas de désobéissance étaient très rares.

Lorsque Koubald avait senti que ses troupes étaient prêtes, il s'était tourné vers le Londaure. Il rêvait d'en faire un khelanat, une province lointaine du Khel Maï. Et un réservoir d'esclaves. Ensuite, ce serait au tour des royaumes voisins de plier devant la suprématie khelône. Tartareüs Koubald s'était donc mis en route à la tête de la Horde Foudroyante. L'armée avait traversé l'Irgul Zom, puis s'était reposée au pied des montagnes pendant quelques jours. Lorsque le tartareüs avait donné l'ordre de lever le camp, ce fut pour lancer une invasion comme le Londaure n'en avait jamais connue. En quelques mois, l'armée khelône avait conquis les provinces londauriennes une à une, mettant à sac villes et villages. Et maintenant, il ne restait plus que Magnus Chastel à résister encore.

C'était à tout cela que Tartareüs Koubald songeait, étendu sur une pile de coussins. La forteresse allait tomber sous peu, il n'en doutait pas. Une mouche virevoltant près de son visage l'importuna. À la vitesse d'un caméléon, le tartareüs attrapa l'insecte d'une main et le secoua pour l'étourdir. Puis, ouvrant les doigts, il contempla la petite chose ailée, immobile à l'intérieur de sa paume, paralysée. En souriant, il l'écrasa.

\*\*\*

Cet après-midi-là, à l'autre extrémité du campement khelône, Nanken Darkaïd repoussait la mèche de cheveux cuivrés qui s'échappait de son foulard. Épuisée de chaleur, elle soupira avant de s'accroupir une nouvelle fois devant l'âtre. « Vas-tu partir, feu des mille démons du Khel Maï », pensa-t-elle avec fureur en soufflant sur les flammes hésitantes. Un instant elle crut réussir, mais ce fut de courte durée. Le feu étouffa dans une épaisse fumée. Il n'y avait pas de doute : le bois était trop vert pour brûler. Nanken s'en voulut d'avoir commis pareille erreur et retira avec impatience quelques branchages. Dans sa précipitation, elle se brûla le bout de l'index. Au bord des larmes, elle souffla sur son doigt douloureux. Ses yeux piquaient et une trace de cendre balafrait sa joue. En marmonnant une enfilade de jurons khelônes, elle sélectionna des branches bien sèches et refit le petit bûcher. Comme pour la récompenser, les flammes léchèrent bientôt le fond d'une énorme marmite et Nanken put enfin respirer.

Elle s'installa à une table basse, choisit un couteau effilé et coupa des racines de jugules qui auraient un goût de beurre sucré une fois cuites. Puis elle déterra un sac en peau de pixim[2] contenant de gros tubercules rosés à la chair râpeuse ; un délice nourrissant, capable de calmer l'appétit le plus vorace. Nanken Darkaïd les avait gardés pour une journée de pénurie comme celle-ci, où elle courait le danger d'être battue

---

2. Pixim : animal trapu ressemblant à un sanglier nu, à longues défenses recourbées.

si le repas n'était pas à la convenance des guerriers khelônes à sa charge.

Tranchant les tubercules avec une rage mal contenue, Nanken songea à la loi de guerre que le tartareüs avait promulguée avant la campagne au Londaure. Elle exigeait que chaque famille fournisse un soldat au service de l'armée.

Ce décret avait causé des problèmes aux Darkaïd. Le mari de Nanken, Varold, ne pouvait combattre à cause d'une jambe estropiée. Et leur fils, Vink, n'avait pas l'âge requis pour être enrôlé. D'importantes représailles étaient à craindre. L'édit du tartareüs stipulait en effet que les familles désobéissantes seraient réduites en esclavage pour une durée indéterminée. Par chance, le demi-frère de Varold n'était nul autre que le mentor Idriss, le bras droit du tartareüs. Grâce à son intervention, les Darkaïd s'étaient vu imposer une condamnation beaucoup moins sévère. Elle ne les obligeait qu'à procurer nourriture et abri à un officier et à ses vingt soldats pendant toute la campagne militaire. L'unité du lieutenant Kûrik leur avait été dévolue.

Varold, Nanken et Vink avaient donc quitté le Khel Maï à la suite de l'armée. Tout au long de la traversée de l'Irgul Zom, et plus tard lorsque les Khelonims déferlèrent au Londaure, les Darkaïd montèrent et démontèrent, au gré des déplacements, les deux immenses tentes qui abritaient l'unité de

Kûrik. Nanken cuisinait pour eux, veillant à ce qu'ils ne manquent de rien, les soignant lorsqu'ils étaient malades. Le bien-être de l'officier et de ses soldats était devenu primordial aux yeux des Darkaïd. Ils n'avaient cessé de se démener pour ces hommes, en espérant que cela rachèterait le handicap de Varold.

Nanken savait que l'on commérait dans leur dos. Que de fois avait-elle entendu chuchoter :

— Son mari est un poltron ! Un bon à rien !

Elle serrait les dents sous l'insulte, s'empêchant de répliquer. Mieux valait se taire et ne pas oublier qu'ils bénéficiaient de la protection du Mentor.

Oui, Varold boitait depuis l'enfance, des suites d'une rencontre brutale avec un animal sauvage qui l'avait laissé handicapé. Cela ne l'empêchait pas de manier la hache avec dextérité. Il travaillait bien le bois, et avait conçu des portes pour les tentes-dômes khelônes. Elles remplaçaient le simple rabat de feutre traditionnel qui laissait entrer le froid. Il avait même fabriqué des coffres et du mobilier pour l'unité de Kûrik et cela lui avait valu des compliments de l'état-major.

En plus d'être ingénieux, il était un excellent chasseur. Toujours patient, il enseignait à Vink l'art de poser des pièges, de tirer à la fronde et à l'arc, de pêcher à la ligne et au harpon. En ce temps-là, Varold et Vink rapportaient du gibier et du poisson à profusion. Nanken n'avait qu'à cuisiner les repas sans s'inquiéter des quantités. Ils ne manquaient jamais de provisions. Toutefois, elle était de nature prudente. Devant le siège de Magnus Chastel qui perdurait et l'hiver qui approchait, elle avait salé et mis en tonneaux d'abondantes réserves de nourriture, sans savoir que cette précaution la tirerait plus tard du pétrin.

Parti chasser sous la pluie verglaçante d'un matin hivernal, Varold était rentré au soir couvert de givre et grelottant de fièvre. Il s'était allongé sur les peaux empilées à même le sol, incapable d'enlever ses vêtements raidis par la glace. Nanken, effrayée par ses tremblements convulsifs, l'avait déshabillé avec l'aide de Vink. Sans perdre de temps, elle s'était étendue contre Varold pour le réchauffer pendant que Vink mettait de l'eau à bouillir. Nanken lui avait fait boire du thé noir dans lequel elle avait mis des herbes à infuser. Pour terminer, elle lui avait passé au cou une chaîne sertie d'un morceau d'ambre. Cette pierre avait la réputation de faire tomber la fièvre.

Le lendemain au réveil, Nanken avait guetté le visage de Varold en espérant y trouver l'expression paisible qu'elle connaissait si bien. Elle fut déçue. Il paraissait plus mal que la veille. Et au fil des semaines qui suivirent, son état se détériora. La nuit, ses quintes de toux déchiraient le silence ; ses forces l'abandonnèrent peu à peu. Mangeant à peine, se levant de moins en moins souvent, il ne fut bientôt plus que l'ombre de lui-même. Ni les tisanes médicinales de

Nanken, ni les supplications de Vink ne purent le garder parmi les vivants. Quant au Mentor, il était absent, envoyé en mission sur ordre du tartareüs. On ignorait quand il rentrerait. Un matin de printemps, Varold se prépara à rejoindre les Mille Dieux et fit ses adieux à Nanken et à Vink.

— Vink, tu as été une des plus grandes joies de ma vie. Tu ne peux savoir comme je voudrais ne pas avoir à te quitter maintenant, souffla Varold. J'aurais tant voulu connaître l'homme que tu seras bientôt...

— Père, je t'en prie, ne dis pas cela. Tu ne vas pas partir !

Varold eut un pâle sourire.

— On ne peut lutter contre certaines choses... La mort m'attend et elle s'impatiente. Vink, continue d'être un bon fils, un garçon intelligent et courageux. Prends soin de ta mère. Surtout, quelles que soient les difficultés, ne te laisse pas abattre ! Rappelle-toi toujours que tu portes le nom des Darkaïd...

— Je te le promets, parvint à articuler Vink malgré la boule qui bloquait sa gorge et l'empêchait de respirer.

Le garçon essaya de cacher ses larmes en enfonçant son visage au creux de la fourrure qui recouvrait le corps amaigri de son père. Varold rassembla ce qui lui restait d'énergie. Levant les yeux vers Nanken, il détailla le beau visage au teint foncé, les yeux d'un brun doré, les traits réguliers et fins. Le regard de Varold brilla autant de fièvre que d'amour.

— Tu m'as rendu si heureux, si heureux, avait-il murmuré, en entrecoupant ses mots car il avait de plus en plus de mal à respirer. Je... je n'ai jamais vraiment compris pourquoi tu as accepté de vivre à mes côtés. Moi, avec ma patte folle, et toi, ma dryade des bois, la merveille des forêts... mon Hé...

Nanken avait posé les doigts sur la bouche de son mari.

— Je t'ai épousé parce que je t'aime et tu le sais, Varold Darkaïd, avait-elle répondu, le menton tremblant et retenant ses larmes avec difficulté.

— Vink, Nanken, mourir ne me fait pas peur... mais ce qui me déchire, c'est de vous laisser... seuls... sans protection...

L'homme cherchait son souffle. Ses narines pincées et ses lèvres cyanosées annonçaient la fin. Vink sanglotait sur la main de son père. Nanken, la gorge nouée, approcha son visage tout contre celui de Varold.

— Ne t'inquiète pas pour nous. Le Mentor, ton demi-frère, va revenir de mission et il nous prendra sous sa protection. Tu sais qu'il ne nous abandonnera pas.

Varold ferma les paupières en guise d'acquiescement.

— Dis-lui adieu... de ma part...

Les mots cessèrent de franchir les lèvres sèches du moribond ; il exhala un dernier souffle.

\*\*\*

Depuis le départ de Varold pour le royaume des Mille Dieux, le quotidien de Nanken avait empiré. Passée de fammariée à l'état de veuve, elle ne jouissait plus d'aucune protection. Elle occupait dorénavant une des positions les plus inférieures de la société khelône. On se méfiait d'une femme isolée, dont les agissements n'étaient plus cautionnés par un homme. Pourtant, elle gardait espoir que le Mentor revendique bientôt le lien familial les unissant. En se portant garant de sa belle-sœur, il lui redonnerait un statut social.

Toutefois, Nanken ignorait la date de son retour. Pour sécuriser sa position et celle de Vink, elle laissait entendre de temps à autre qu'il était sur le point de réapparaître. Jusqu'à présent, personne n'avait osé s'en prendre ouvertement à Vink ou à elle en raison de son lien avec le Mentor, le conseiller de Tartareüs Koubald. Les talents de guérisseuse de Nanken, très recherchés, faisaient le reste.

Néanmoins, il fallait continuer de nourrir les soldats à sa charge. Devenu «l'homme de la famille», Vink s'était attribué le rôle de pourvoyeur. Grand et mince, il avait le teint foncé et les pommettes saillantes. Ses cheveux noirs et plats descendaient jusqu'à ses épaules, et ses yeux avaient des reflets ambrés comme ceux de sa mère. Il allait avoir seize ans.

Au début, il avait pris au piège des petits animaux sauvages et avait même réussi à abattre un jeune frec, sorte de ruminant à cornes. Mais son triomphe avait été de courte durée et il lui arrivait de rentrer bredouille. Nanken, tout en encourageant son fils à persévérer, avait pallié ces chasses infructueuses en entamant les provisions de viande et de poisson salés. Les réserves avaient fondu comme neige en été devant l'appétit vorace de Kûrik et de ses hommes.

Alors il avait fallu ruser, car les soldats de la Horde Foudroyante devaient recevoir une portion de viande par jour. Cela leur était dû afin de leur garantir la victoire. Or, Nanken n'avait pas été en mesure de leur en servir depuis six jours. Vink n'avait pas rapporté de gibier et il ne restait plus rien dans les tonneaux.

La jeune femme s'était ingéniée à cacher la pénurie de venaison en cuisinant des fèves, des racines et des tubercules de différentes façons : au beurre, à la moutarde, en croûte, en sauce, et en laissant flotter çà et là de vieux os dans le bouillon. Mais l'illusion s'était dissipée après quelques jours de ce régime et le mécontentement grondait parmi les hommes de Kûrik. Les soldats insatisfaits n'attendaient qu'un prétexte pour la punir. Le fouet serait son châtiment.

Réprimant l'envie de pleurer qui la tenaillait, Nanken alla jeter dans la marmite les racines et les tubercules qu'elle venait de couper en rondelles, ajoutant des herbes aromatiques dans le liquide frémissant pour lui donner plus de goût.

La porte de la tente s'ouvrit. Kûrik fit son entrée. Il était aussi large que haut ; son visage bouffi de graisse luisait de sueur. Comme presque tous les guerriers khelônes, il avait le crâne rasé. Sa barbiche noire tressée en deux nattes minces indiquait son grade dans l'armée. Plus un guerrier s'élevait dans la hiérarchie militaire du Khel Maï, plus le nombre de tresses ornant son menton augmentait. Ainsi, les soldats arboraient une natte, les lieutenants deux, les commandants en avaient trois et les généraux, quatre. Le menton de l'Avatar Suprême, Tartareüs Koubald en personne, arborait neuf tresses sur lesquelles on avait enfilé des petites boules de métal sculptées. Chacune de ces minuscules sphères représentait un tartareüs ayant régné avant lui.

Kûrik, les jambes écartées, flairait l'odeur flottant dans la pièce. Il eut une moue de dégoût.

— Alors, femme, ça vient ?

Nanken referma le lourd couvercle de la marmite sans lui laisser le temps d'y jeter un coup d'œil.

— Le repas sera prêt à l'heure habituelle, Kûrik, c'est-à-dire au coucher du soleil.

Nanken, les mains sur les hanches dans une attitude défiante, semblait prête à défendre le contenu de sa marmite envers et contre tous. Kûrik éclata de rire. Vink n'était toujours pas de retour et le regard de Nanken luisait de peur.

Kûrik s'approcha de la marmite en prenant une grande inspiration.

— Ça ne sent pas grand-chose ici, ma jolie, dit-il avec une satisfaction mal dissimulée. Il ne doit pas y avoir de gros morceaux de viande dans ton ragoût.

Nanken haussa les épaules.

— Tu peux dire ce que tu veux, Kûrik, le soleil n'est pas couché. Je vous servirai, toi et tes hommes, à l'heure dite et pas avant.

L'insolence de Nanken l'exaspéra. Il rajusta le ceinturon qui disparaissait sous son gros ventre, puis d'un air cruel caressa son fouet à neuf lanières de cuir.

— À tantôt, ma belle! susurra-t-il d'un ton qui se voulait badin mais où la menace était presque palpable. À ta place, je n'espérerais pas de miracle!

Il sortit à pas lents, goûtant le plaisir que lui procurait la terreur de la jeune femme.

Dès qu'il fut dehors, Nanken s'adossa à la porte. Elle pensa à Varold. Il lui manquait tellement. Il était, comme Vink, courageux et dénué de cruauté.

Elle écarta le rabat de feutre qui recouvrait la petite fenêtre et frissonna. Le soleil déclinait déjà. Et Vink n'arrivait pas.

# CHAPITRE VII

*Un ami sûr se révèle dans l'adversité.*
EURIPIDE, V. 480-406 AV. J.-C.

Vink marchait sans bruit à l'orée de la clairière. Une troupe de belins broutait de la phanille à petites fleurs jaunes au milieu du terrain à découvert. Le garçon se déplaça de façon que le vent ne porte pas son odeur en direction des bêtes. S'il fallait qu'elles sentent l'humain à proximité, elles s'enfuiraient aussitôt. À pas lents, il réussit à s'approcher d'un jeune mâle. Il tendit la corde de son arc, mais son pied se posa sur une branche sèche qui craqua. Les bêtes s'enfuirent de tous côtés en bondissant.

Vink s'élança pour les empêcher d'atteindre la montagne. Il courait de toutes ses forces, essayant de rabattre les belins vers la forêt. Peine perdue ; plus rapides que lui, ils le distancèrent en un rien de temps.

Le chasseur n'avait plus le choix : mieux valait s'en retourner vers la forêt de Sylve, riche en gibier. Il n'avait pas l'intention de s'avouer vaincu tout de suite. Marchant d'un bon pas, il remarqua le ciel rougeoyant à travers la cime des arbres. Le soleil commençait son inexorable descente vers le sommet des montagnes. Il aperçut enfin un sous-bois peu éclairé et humide. Une mousse grisâtre recouvrait le sol et les troncs d'arbres. Une légère odeur de moisissure pénétra dans ses narines. Elle provenait des clairons-du-macchabée, des champignons vénéneux poussant au pied des arbres. Vink sut que des pixims devaient rôder aux alentours. Courts sur pattes, pacifiques et voraces, ces animaux omnivores raffolaient de ces champignons. Et leur système digestif s'accommodait bien des toxines.

Toutefois le poison, mortel pour d'autres animaux, avait sur ces bêtes des effets hallucinogènes qui décuplaient leur agressivité. Au sommet de leur activité digestive, les pixims devenaient très dangereux. Ils attaquaient alors souvent, terrassant leur proie pour la déchiqueter. C'est ainsi que Varold avait eu la cheville et le mollet broyés quand il était petit et qu'il en était resté boiteux.

Vink chassa cette pensée. Peu importait le danger, il voulait du gibier à rapporter, n'importe lequel pourvu qu'il y ait de la viande au repas du soir. Tout à coup, il repéra un couple de pixims mastiquant d'énormes champignons bleus qui auraient tué un bakshour en moins de deux ! La femelle était en gestation, son ventre alourdi touchait presque le sol. Le mâle tourna la tête en direction de Vink. Il poussa aussitôt un cri d'avertissement à sa compagne, qui disparut dans un buisson.

Vink et le pixim mâle se faisaient face ; chacun avait le regard rivé dans celui de l'autre. Vink constata que les iris de l'animal sauvage brillaient d'une inquiétante lueur ; deux petites billes incandescentes dans un faciès déformé par la rage. Il se rappela ce que disait son père :

— Souviens-toi, Vink, si tu vois des éclairs rouges dans les yeux d'un pixim, c'est qu'il est prêt à charger.

Cette lueur rougeâtre, Varold l'avait vue de près, juste avant d'être piétiné, mordu et traîné sur le sol par une de ces bêtes. Il n'avait dû la vie qu'à l'intervention de son demi-frère Idriss, qui avait lancé des cailloux sur l'animal en furie.

Brusquement, le pixim pencha la tête, racla le sol de son ongle et se rua sur Vink, qui eut à peine le temps de bander Kybor, son arc. Les doigts du jeune homme tremblaient. Il rata la cible alors que la bête s'élançait dans sa direction. Inutile de sortir une autre flèche de son carquois ou de détacher sa fronde, déjà le pixim bondissait sur lui.

Désespéré, Vink s'apprêta à recevoir le choc, quand un éclair passa devant lui. Une masse poilue dont la fourrure sale, effilochée et raide comme de la paille lui fit penser à un animal domestique qu'il connaissait bien : un bon gros jaffeur, fidèle et loyal.

— Kazmo !

La collision entre les deux animaux fut violente. Entraînant le pixim avec lui, Kazmo le fit rouler au sol. Plus rapide que son adversaire, le jaffeur se releva d'un bond et lui enfonça ses crocs dans le cou. Le pixim se retrouva coincé entre les puissantes mâchoires du jaffeur. Kazmo semblait vouloir le dépecer vivant. Il grondait en secouant sa victime comme il l'aurait fait d'une poupée de chiffon. Énervé, Vink rebanda son arc et visa. Dans le maelström de poussière et de poils qui virevoltait devant lui, il ne parvenait pas à distinguer où finissait le pixim et où commençait le jaffeur. Il renonça donc à tirer, de crainte de blesser Kazmo.

Le jaffeur agitait le pixim en tous sens. Lorsqu'il se décida à relâcher la bête sauvage, elle s'affaissa dans un bruit sourd et demeura inerte. Devant une pareille occasion, Vink tendit la corde de son arc. Mais au moment où la flèche partait, le pixim, qui feignait d'être mort, se releva en vitesse et disparut dans les fourrés.

Vink se laissa tomber au sol, découragé de tant de malchance. Se prenant la tête à deux mains, il lutta contre le désespoir. Tout à coup, il réalisa que la présence du jaffeur signifiait aussi le retour de son propriétaire. Le mentor Idriss était donc revenu de voyage !

Ce constat insuffla à Vink un courage nouveau. Dans sa joie, il entoura de ses bras la masse de poils torsadés et rêches. Kazmo en profita pour lui lécher

le visage avec application. Sa truffe humide chatouillait Vink, qui se débattit en riant. Par jeu, la bête tra-
pue lui fit perdre l'équilibre. Vink roula sur le sol en
s'esclaffant, amusé par la démonstration de force de
Kazmo. Mais son hilarité cessa aussitôt. Couché sur
le dos, il ne pouvait que noter avec horreur la couleur
orange brûlé du ciel. Le soleil était à moitié caché par
la cime des arbres. Nanken devait se demander pourquoi il ne revenait pas.

— Vite, Kazmo! Il faut retourner au campement,
dit-il avec angoisse.

# CHAPITRE VIII

*C'est un ami, un vrai, pas un qui s'use quand on s'en sert !*
HENRI JEANSON, 1900-1970

Vink courait de tout son désespoir. Il ne souhaitait qu'une chose : arriver au camp avant que les derniers rayons du soleil n'aient été engloutis par l'horizon. Son seul espoir résidait dans les quelques pièges qu'il avait posés ce matin-là et qui se trouvaient sur le chemin du retour. Il se contenterait de peu. Un oiseau ou un rongeur pourrait peut-être créer l'illusion d'un repas un peu viandeux.

Kazmo menait la course, Vink le suivait. Tout à coup, le jaffeur s'arrêta. Haletant, Vink se demanda pourquoi il s'était immobilisé. Aux aguets, il perçut un bruissement dans le feuillage d'un arbre. Ça n'avait rien de naturel. Il attrapa la fronde qui pendait contre sa cuisse et délia le cordon de cuir qui la retenait. Vif comme l'éclair, il plaça une pierre pointue dans la bande de peau souple et la fit tournoyer, quand une masse sombre tomba du ciel juste à côté de lui. Une main puissante lui abaissa le bras.

— Holà, filleul, tu ne comptais pas m'éborgner, j'espère ? questionna un homme de haute stature. Son visage basané avait une expression de sévérité renforcée par d'épais sourcils noirs et un nez busqué. L'homme qui s'adressait à Vink ne portait pas la cuirasse khelône du guerrier, mais la tunique brun et vert du mentorat, la plus haute dignité du Khel Maï après celle de tartareüs. Chaque souverain khelône se voyait attribuer un mentor, sorte de conseiller visionnaire qui le guidait dans ses prises de décision. Une fibule d'étain, à l'effigie d'une tortue nageant avec un homme sur la carapace, maintenait une cape sombre sur ses épaules. Son visage était encore jeune, mais les cheveux qui retombaient au bas de son cou avaient la couleur de l'argent poli.

Le visage de Vink s'illumina.

— Idriss ! Ô mon maître, vous êtes enfin revenu ! s'écria-t-il.

Sur le visage austère passa une lueur amusée.

— Dois-je comprendre que je t'ai manqué ?

— Oh oui, par la barbe tressée du Grand Tartareüs !

D'un regard foudroyant, Idriss l'interrompit. Vink, penaud, se souvint qu'un bon Khelonim n'invoquait pas en vain le nom de Tartareüs Koubald.

— Excusez-moi, Mentor, murmura-t-il.

— Oublions cela. L'émotion de me revoir t'aura égaré l'esprit. Dis-moi plutôt où tu courais ainsi en compagnie de Kazmo ? fit-il en caressant le crâne du jaffeur.

En un éclair, Vink se rappela le souper, les chasses infructueuses, la menace qui planait sur sa mère... et la mort de son père, qu'il fallait annoncer à Idriss. Revenant d'une longue absence, celui-ci ignorait le décès de son demi-frère.

— Mon père...

— Varold a des ennuis? interrogea le Mentor avec appréhension.

Vink déglutit avec peine.

— Il a été très malade, Mentor.

— Oui, je sais. Quand je suis parti, il toussait beaucoup. Nanken a pris soin de lui et l'a guéri, n'est-ce pas?

Vink baissa la tête. Idriss le saisit aux épaules et lui releva de force le menton.

— Regarde-moi. Parle! ordonna le Mentor, troublé par les grosses larmes qui roulaient sur le visage de Vink.

— Il nous a quittés pour le royaume des Mille Dieux. Mère n'a rien pu faire.

Idriss essayait de digérer l'information, ne pouvant y croire.

« Jamais plus je ne le reverrai. Je ne pourrai jamais lui dire à quel point je regrette. À quel point il avait raison... »

Idriss cacha ses yeux derrière sa main aux longs doigts effilés. Respectant la douleur de son oncle, Vink garda le silence. Au bout d'un long moment, il nota une lueur orangée qui teintait les feuillages. Ce fut comme un coup de poing dans l'estomac. Le ciel était de braise ardente. Il fallait faire vite. Essayant de résumer la situation, Vink aligna des mots sans suite :

— Ma mère a besoin de votre aide... gibier... coucher du soleil... le fouet...

— Doucement ! fit le Mentor en secouant Vink par les épaules. Raconte-moi tout, sans t'attarder aux détails !

Vink obéit : il fut clair et bref. Quelques instants plus tard, Idriss sifflait Buridan, qui broutait dans une clairière non loin. Le bakshour du Mentor, un des plus rapides du Khel Maï, arriva au galop. C'était une bête à corps de cheval, courte sur pattes, au pelage épais, frisé, et au faciès de chameau sous une longue crinière. Comme tous ses congénères, Buridan possédait la faculté de subsister un mois sans eau grâce aux réserves de graisse de ses flancs.

Idriss monta en selle et plaça Vink devant lui. Par-delà l'éternité, Varold lui avait confié sa femme et son fils. Idriss devait sauver Nanken de la méchanceté de Kûrik. N'ayant pas le temps de s'attarder à sa propre douleur, il remit à plus tard les prières aux morts à réciter pour le repos de son demi-frère.

— Yaaah ! cria Idriss.

Ils partirent à vive allure en direction du camp, Kazmo courant à la suite de Buridan.

\*\*\*

Dans sa tente, au camp des Khelonims, Nanken sentait la peur lui tordre les entrailles. Elle jeta dans la marmite de vieux os de frec, souvenirs de la dernière chasse victorieuse de Vink. Seuls quelques rayons incandescents étaient encore visibles sur la ligne d'horizon. Nanken se mordit les lèvres, attendant que la porte s'ouvre sur Kûrik et ses hommes.

Elle entendit des bruits de pas qui se rapprochaient. Elle ferma les yeux et rassembla le peu de vaillance qu'il lui restait. Coûte que coûte, elle se jura de cacher aux soldats à quel point elle les craignait.

La porte s'ouvrit.

— Mère ! la salua Vink en se jetant dans ses bras.

Idriss et Kazmo le suivaient.

— Restez calme, Nanken. Nous avons aperçu Kûrik et sa troupe sur le chemin. Ils arrivent. Quoi que je dise ou fasse, suivez mon exemple et tout ira bien. En êtes-vous capable ? interrogea le Mentor en plantant son regard dans celui, affolé, de la jeune femme.

Aussitôt, elle sentit agir sur elle le formidable pouvoir de persuasion d'Idriss. Son cœur cessa de battre à tout rompre et elle parvint même à sourire.

— Je vous obéirai, Mentor, et je remercie les dieux favorables qui vous ont ramené parmi nous.

Idriss lui prit les mains et les serra avec émotion. Nanken ne put réprimer un petit cri. Le Mentor, surpris, l'interrogea des yeux. Elle exhiba la première phalange de son index. Celle-ci portait une plaie à vif. Sans le savoir, le Mentor venait de crever une grosse cloque remplie de liquide. Vink s'apprêtait à aller chercher la pommade qui aurait soulagé Nanken, quand Idriss leur fit signe d'écouter :

— Chut ! ils sont juste à côté, les prévint-il en reculant dans l'ombre de la pièce.

Quelques instants plus tard, des rires gras résonnèrent. La porte s'ouvrit avec fracas. Kûrik entra en maître dans la pièce, suivi de ses hommes. Ils avaient tous le même air hilare en anticipant le plaisir que leur procurerait le châtiment de Nanken. Deux soldats tapèrent sur leurs cuirasses, aussitôt imités par tous les autres.

— Allez, Kûrik ! Fais-lui ravaler son arrogance, à cette chichiteuse ! grogna l'un d'eux.

— Ouais, depuis le temps qu'elle nous affame, la radine, elle mérite une bonne raclée ! Ça nous fera oublier les brouets infects qu'elle a eu le culot de nous servir ! ajouta un autre.

Les hommes de Kûrik s'amusaient. Un grand échalas bouscula Nanken en se gaussant.

— Alors, beauté, montre-nous donc ce que tu as dans ta marmite !

Il essaya de retrousser sa jupe, mais elle s'y agrippa à deux mains pour la rabaisser. Vink repoussa le soldat et se plaça devant sa mère, les poings levés. Kazmo l'avait rejoint d'un bond et grondait en découvrant ses crocs. L'ambiance venait de se durcir. Les soldats convoitaient Nanken. Leurs regards avides détaillaient les courbes de son corps. Mais l'agressivité de Kazmo les refroidissait un peu. C'est alors qu'Idriss avança dans la lumière. Les soldats, un instant décontenancés, fanfaronnèrent.

— Tiens, Mentor Idriss ! dit Kûrik d'un ton jovial, je vous croyais en voyage.

— Eh bien me voici de retour, annonça le Mentor en le saluant, et sur mon chemin pour rendre compte de ma mission à Tartareüs Koubald, notre Avatar Suprême.

Ces mots en imposèrent à la majorité des soldats, qui cessèrent de glousser. Quelques-uns s'efforcèrent même d'adopter un air plus digne. Mais leur sergent n'avait pas l'intention de plier.

— Nous sommes venus prendre notre souper. Savez-vous que Nanken Darkaïd ne nous a pas traités avec les égards dus à notre rang ? Voilà des jours qu'elle nous prive de notre ration de viande quotidienne et obligatoire.

Le mot « obligatoire » résonna dans la pièce. Nanken baissa la tête. Kûrik se frotta les mains.

— Je trouve que votre présence tombe bien, mentor Idriss, reprit Kûrik. Vous serez notre témoin lorsque nous constaterons, une fois de plus, qu'elle a tenté de nous rouler. Cette insolente doit être châtiée comme le prescrit l'édit de notre Grand Tartareüs !

— C'est vrai, les hommes de ton unité ont l'air affamés, répondit Idriss en feignant d'être empathique. Vink sentit poindre le mépris dans la voix du Mentor. Par chance, Kûrik, peu subtil, ne remarqua rien. Il se tourna vers Nanken.

— C'est l'heure ! Le soleil est bien couché cette fois. Tu n'as plus aucun prétexte pour nous faire attendre.

— Ouais ! Nous avons faim ! dirent en chœur les soldats. À la soupe !

Nanken hésita et glissa un regard furtif en direction d'Idriss. Celui-ci opina d'un léger mouvement de tête. Rassurée, elle répondit d'une voix enjouée :

— Je vous sers tout de suite.

Le calme de Nanken dérouta les soldats. De toute évidence, la scène ne se déroulait pas comme prévu. On regarda le Mentor avec animosité, mais personne n'osa s'en prendre à lui.

— Alors, soldats, qui sera servi le premier ? questionna Nanken en s'approchant du feu où chauffait la marmite.

Kûrik fit pivoter une des écailles de sa cuirasse pour en extraire une gamelle de bois. Les autres firent de même. Pendant ce temps, Nanken s'était munie d'un linge et retirait le lourd couvercle du chaudron. Avant qu'elle ait eu le temps de le soulever, Idriss, qui se tenait à ses côtés, pressa le doigt qu'elle s'était brûlé plus tôt dans la journée. Elle poussa un cri de douleur. Le Mentor lui prit la main.

— Vous vous êtes blessée, ma pauvre Nanken, dit-il en brandissant la vilaine brûlure sous le nez de Kûrik. Vous ne pouvez pas travailler ainsi. Allez donc vous asseoir plus loin, je distribuerai le repas à votre place.

Et il ajouta en s'adressant à Kûrik :

— Vous n'y voyez pas d'inconvénient, j'espère ?

Ce faisant, le Mentor vrilla son regard dans celui du gros soldat en sueur. L'atmosphère de la tente abrutissait Kûrik. Il faisait beaucoup trop chaud dans l'étroite pièce déjà surchauffée par le feu que Nanken avait entretenu tout l'après-midi. Avec docilité, le lieutenant tendit sa gamelle.

— Venez tous, mes braves ! claironna le Mentor d'une voix puissante. Nanken vous a préparé un festin.

Idriss les servit un à un, en commençant par le chef à qui il chuchota :

— Regarde, je t'ai mis quatre gros morceaux de viande. Je n'en mettrai que deux aux autres. Après tout, tu mérites une meilleure part.

— Bien meilleure, approuva Kûrik d'une voix pâteuse.

— Mes amis, voyez la tendreté de cette chair qui a mijoté tout l'après-midi, s'exclama le Mentor avec un accent qui aurait amadoué une porte de prison. Vous n'aurez jamais mangé pareil ragoût.

Les inflexions d'Idriss cajolaient, persuadaient et vinrent à bout de toute résistance de la part des soldats. Assis dans leur coin, Vink et Nanken assistaient à la scène, fascinés. Sous leurs yeux ébahis, les soldats les plus endurcis se saisirent de leur gamelle avec avidité. Pourtant, elle ne contenait qu'un pitoyable liquide où flottaient quelques rondelles de racines ou de tubercules. Pas un bol n'offrait ces morceaux de viande tant vantés par le Mentor. Cela n'empêchait pas les soldats, hypnotisés, de saliver avec gourmandise au-dessus de leur repas.

— Sentez, humez ce parfum, les encouragea Idriss d'une voix impérieuse.

D'un seul mouvement, tous les soldats flairèrent leur bol avec enthousiasme.

— N'est-ce pas digne des Mille Dieux du Khel Maï? suggéra Idriss en se balançant de droite à gauche. Sa voix avait à présent des intonations musicales et Vink commença à se sentir bercé jusqu'à la torpeur. En transe comme les autres, il répondit à l'unisson avec Kûrik et ses hommes :

— Oui, Nanken a préparé un repas digne des dieux.

Lorsque Idriss décréta en lui-même qu'ils étaient assez subjugués, il leva les bras pour une ultime exhortation :

— Retournez à vos tentes, soldats. Mangez ce repas sans tarder avant que d'autres ne s'emparent de votre festin.

Aussitôt, Kûrik et ses hommes serrèrent leurs bols de bois contre leurs poitrines et se jetèrent des regards suspicieux. Sans dire un mot, ils filèrent pour aller dévorer ce qu'ils imaginaient être le plus merveilleux, le plus copieux repas de leur vie.

Vink, toujours sous le charme jeté par le Mentor, faillit franchir la porte lui aussi, mais Idriss le retint.

— Réveille-toi, dit Idriss en passant la main devant le regard vague de Vink. Que mes mots redeviennent ce qu'ils ont toujours été : du bruit sorti de ma gorge et que le vent emportera vers l'oubli.

Le charme était rompu. Vink battit des paupières et s'ébroua. Il se sentait mal, ankylosé et privé d'un repas comme il n'en connaîtrait jamais plus. Il fut submergé par une vague de déception intense. Nanken, qui était demeurée assise, retira ses mains qu'elle avait plaquées contre ses oreilles.

— Je suis désolée, Vink, dit-elle. Je n'ai pas eu le temps de te mettre en garde et de te donner des bouchons de cire. Ils t'auraient prémuni contre l'enchantement de notre Mentor.

— Vink s'en remettra, il a du ressort. Le plus important est que vous soyez sauve, Nanken, murmura Idriss. Votre fils m'a appris la triste nouvelle du décès de Varold, et je vous assure que dorénavant vous ne serez plus seuls. Vous pourrez compter sur moi.

Il ébouriffa les cheveux de Vink.

— Tu as eu une rude journée, filleul, et tu t'es comporté en homme. Vous pouvez être fière de lui, Nanken.

Vink se rengorgea. Les compliments dans la bouche du Mentor étaient aussi rares qu'un arc-en-ciel en hiver.

— Bon, je dois vous quitter, fit Idriss. Il est temps d'aller faire mon rapport au tartareüs. Je vous reverrai demain.

Kazmo resta avec Vink. Le Mentor ne l'emmenait jamais auprès du tartareüs. Ç'aurait été un affront impardonnable. Idriss disparut dans la nuit. Il avait hâte de se retrouver seul, après avoir visité Tartareüs Koubald. Seul avec l'esprit de Varold.

***

Un peu avant l'aube, Nanken fut éveillée par des coups frappés à la porte. Elle enfila à toute vitesse une tunique de grosse laine de brelette par-dessus la chemise de lin dans laquelle elle avait dormi. Une jupe grise en toile rugueuse compléta le tout.

Les coups s'intensifiaient. Nanken se dirigea vers la porte à pas pressés. Elle qui avait toujours la tête couverte en public avait à peine eu le temps de dissimuler sa lourde chevelure sous un foulard. Toutefois, dans sa précipitation, elle avait mal ajusté le tissu. Alors qu'elle ouvrait la porte, une longue mèche soyeuse de cheveux fauves cascada jusqu'à sa taille. L'instant d'après, le foulard s'était dénoué. La chevelure de Nanken, aussi étincelante que le cuivre poli, l'enveloppait d'une auréole lumineuse. Elle était ainsi magnifique, bien que très différente des femmes khelônes. Ses traits fins surprirent l'officier de la 1$^{re}$ Chevauchée qui se tenait sur le seuil. En lui tendant un tonnelet, il se demanda pourquoi il n'avait jamais remarqué la beauté étrange de cette jeune veuve.

— Nanken Darkaïd ? s'enquit-il.

— C'est moi.

— Voici de la birrh à distribuer aux soldats dont vous êtes responsable.

— Quand ? se renseigna Nanken avec une hésitation visible.

— Immédiatement.

Il tourna aussitôt les talons et repartit. Il avait plusieurs autres fûts de birrh à distribuer.

Nanken pouvait sentir l'odeur de la birrh, épaisse et brune, à travers le bois. On la distillait à base de plantes rares. Avant chaque combat décisif, les guerriers recevaient un demi-verre de cette boisson. Selon la tradition khelône, cela les rendait vaillants et courageux dans la bataille.

Nanken comprit qu'elle n'avait pas un instant à perdre. Elle ne réveilla pas Vink, qui dormait encore. Puisqu'on lui avait donné l'ordre de distribuer la birrh à Kûrik et à ses hommes, cela signifiait que Magnus Chastel allait être attaquée au lever du soleil. Et il ne restait qu'une heure avant l'aube.

# CHAPITRE IX

## DOMAINE DE SOUVENANCE, AUTOMNE 1298

Edkar regarda par la fenêtre de sa chambre. Les arbres dégarnis montraient encore quelques vestiges de leur gloire automnale. Éclaboussures d'or et baies rouge vif tranchaient dans la grisaille environnante.

Il avait récolté une nouvelle empreinte mnémonique le matin même et avait demandé à Ludrik de le rejoindre à quatre heures dans la Grande Salle. Auparavant, il voulait décompresser et mettre ses idées en ordre. Son esprit était, tout comme sa chambre, dans un incroyable fouillis. Des piles de livres, des rouleaux de parchemins, un arc, une fronde, trois épées de bois et une dizaine de trognons de fruits étaient éparpillés sur les meubles et le plancher. Au-dessus d'un hanap ouvert, de petites mouches virevoltaient, attirées par un reste d'hydromel.

Déterminé à accomplir la tâche qu'il s'était fixée, Edkar déposa sur le sol quelques objets qui se trouvaient sur sa table de travail. Lorsqu'il eut libéré un espace, il déroula un grand parchemin sur le bois verni. Il se munit ensuite d'une écritoire sur laquelle étaient placées une boîte à sable et trois plumes pour écrire ou dessiner. La première provenait d'un écoufle, une sorte de rapace, et servait à faire de larges traits. La suivante, de taille moyenne, était une plume d'auca cendrée, et la dernière, beaucoup plus petite, avait été prélevée sur l'extrémité de l'aile d'une érismature à bec bleu. Les deux dernières produisaient des traits fins et Edkar en prenait grand soin.

Le garçon s'assit et réfléchit un peu avant de plonger la pointe de la plume d'écoufle dans l'encre de noix de galle. En haut du parchemin, il écrivit *Londaure* en gros caractères, et un peu plus loin, *Khel Maï*. Sous chaque royaume, il établit la liste des personnes rencontrées dans la Mémoria. Du côté des Khelonims, il dénombra Idriss, Varold Darkaïd, sa femme Nanken et leur fils Vink, Tartareüs Koubald et le détestable Kûrik. Chez les Londauriens, il y avait le roi Arild, Achikur Lesserlink, Rumfred de Raefen , Gorham Baerwold et Duntor de Vried ainsi que des nouveaux venus observés lors de son plus récent voyage dans la Mémoria. C'est en songeant à eux que la troisième empreinte lui revint à l'esprit.

Comme auparavant, Ludrik l'avait aidé à se projeter dans le passé. Cette fois, il était retourné au cœur de Magnus Chastel, la forteresse assiégée, et il s'était retrouvé dans un coin du château qu'il n'avait pas encore visité. Une femme âgée et une jeune fille dormaient, allongées toutes deux sur un édredon confortable. La plus jeune faisait un mauvais rêve; elle tirait sur les draps et gémissait dans son sommeil.

\*\*\*

MAGNUS CHASTEL, ÉTÉ 1033

La forteresse était endormie; seules les sentinelles faisaient le guet aux créneaux. Dans la chambre, Éligia, la fille du roi Arild, s'éveilla en sursaut. Comme toutes les nuits, elle venait de faire un horrible cauchemar: des hommes au crâne chauve, en armure ressemblant à des écailles de tortue, envahissaient la citadelle. Ils déferlaient dans les corridors et du sang giclait sur les murs de pierre blanche.

Elle frissonna; sa chemise de nuit était mouillée de sueur. Se levant sans bruit, Éligia enfila un jupon, puis une robe au tissu défraîchi. Ses mouvements finirent par éveiller la femme étendue sur le lit. Doria Lesserlink, la vieille nourrice du roi, entrouvrit les yeux. Elle occupait les fonctions de gouvernante auprès d'Éligia depuis la mort de la reine Lyatris.

— Voyons Éligia, cessez de vous tourmenter. Je vous assure que nos gardes veillent sur Magnus Chastel et qu'ils vous protègent. Vous savez bien que votre père ne laissera rien de mal vous arriver.

La princesse écouta ces paroles rassurantes, mais ne fut pas apaisée. La Horde Foudroyante de Tartareüs Koubald comptait dix fois plus de soldats que l'armée londaurienne; c'était suffisant pour l'empêcher de dormir sur ses deux oreilles comme le faisait Doria. En plus de l'angoisse, il y avait la faim qui ne lui laissait jamais de repos. C'était une sensation omniprésente et douloureuse dont elle n'avait pas l'habitude. Avant le siège, elle ignorait ce qu'était une disette. Son enfance avait jusque-là regorgé de pâtés de tourtereine aux herbes séchées, de brelettes à la broche et de pixims en saucisses juteuses, de ragoût de frec à l'hysope et de tourtes de pescadon de rivière...

Elle revit sa mère, la reine Lyatris, présidant aux banquets à la droite du roi Arild. Elle était si belle, parlant aux invités avec un sourire qui éclairait son visage de l'intérieur. Ses mains sentaient les épices et les fleurs. Comme paraissait loin le temps des festins se terminant avec des drupes pochées dans le vin chaud, accompagnées de fromage de taurée crémeux et parfumé à la fleur de phanille!

À présent, les repas se limitaient à une petite portion de porée noire, un morceau de pain souvent sec et un gobelet de lait de taurée. Et, ces derniers temps, les rations diminuaient inexorablement. Alors, pour oublier la dure réalité du quotidien, Éligia s'inventait des menus imaginaires qu'elle perfectionnait au fil de ses rêveries. Ce jeu réussissait parfois à tromper la faim, mais pas toujours : il arrivait que le souvenir des fastes passés se révèle une véritable torture.

C'est à ces occasions qu'Éligia, échappant à la surveillance de Doria, s'était glissée aux cuisines en prenant soin de se cacher. À quelques reprises, elle avait réussi à dérober un peu de nourriture. Son premier larcin avait été un quignon de pain. À une autre occasion, elle avait volé une vieille bettepoirée toute ridée, et lors de sa dernière razzia, un gros choufeuille à demi pourri qui l'avait rendue bien malade. Depuis ce jour, Éligia n'osait plus chaparder quoi que ce soit. Elle se contentait d'attendre comme tous les assiégés, en espérant un miracle.

Éligia de Londaure était petite pour ses quinze ans. Elle avait de longs cheveux aux épaisses boucles blondes, des yeux immenses et un teint pâle dû à la malnutrition ainsi qu'au manque d'exercice et de grand air.

Remarquant que Doria Lesserlink oscillait de sommeil, assise sur le matelas de paille, la princesse fut assaillie de remords.

— Recouche-toi, Doria, chuchota-t-elle en posant ses deux mains sur les épaules de sa gouvernante. Il ne fait pas encore jour, tu peux dormir plus longtemps.

— Et vous, n'allez-vous pas vous rendormir ? marmonna la vieille femme dont les yeux étaient déjà à demi clos.

— Je ne peux pas, je suis trop bien éveillée maintenant. J'ai besoin de marcher. Je n'en peux plus d'être enfermée.

— Promettez-moi de ne pas aller aux remparts, Éligia. C'est trop dangereux. De plus, vous savez que c'est interdit, insista Doria en se relevant sur un coude.

Il y eut un petit silence. Éligia finit par promettre du bout des lèvres. Résolue à ne pas tenir compte de la défense qui lui était faite, elle avait pris la précaution de croiser les doigts derrière son dos. Elle sortit de la pièce avec précipitation, de peur que Doria ne cherche à la retenir. Éligia ne vit donc pas que la gouvernante, inquiète, se relevait en soupirant.

Doria savait qu'Éligia désobéissait aux consignes en vigueur et qu'elle s'était rendue plus d'une fois sur le chemin de ronde. Une sentinelle l'y avait surprise et en avait fait rapport au roi Arild quelques semaines plus tôt.

Réprimandée, Éligia n'avait toutefois pas renoncé à ses escapades nocturnes. Elle ne pouvait plus se passer du faux sentiment de liberté que lui procurait la moindre bouffée d'air frais. À la pensée de contempler encore une fois le ciel étoilé, Éligia accéléra le pas. Longeant un corridor, elle entendit une voix venant d'une alcôve dérobée :

— Vous voilà debout de bon matin, Princesse. Il fait encore nuit à cette heure.

Elle sourit à son interlocuteur. C'était un homme de la maison de Rumfred de Raefen. Il était gentil. Elle se souvint qu'à quelques occasions il lui avait donné un petit biscuit sec, prélevé de sa propre ration de chevalier.

— Bonjour, messire Ygaël.

— Où est donc dame Doria?

— Elle s'est rendormie, répondit Éligia.

— Vous en profitez pour vous dégourdir les jambes, n'est-ce pas?

Elle hocha la tête, incertaine de ce qu'il convenait de faire dans ce genre de situation.

— Soyez prudente: il y a des gardes qui surveillent l'entrée de la tour ouest.

Éligia ne put dissimuler sa gêne. Ainsi, messire Ygaël avait deviné où elle se rendait; l'escalier en spirale de cette tour menait aux remparts. Pourtant, il ne semblait pas s'en offusquer.

— Ne craignez rien, je n'ai pas l'intention de vous dénoncer. Vous avez bien le droit d'aller où bon vous semble. Ne vous en faites pas. Avec moi, votre petit secret sera bien gardé. Je crois même que je vais vous rendre service en distrayant les sentinelles. Vous aurez ainsi la chance de vous esquiver en douce, jolie princesse.

Ygaël la serrait de près. Il était un peu trop familier, mais l'insulter en le repoussant était bien la dernière chose qu'Éligia voulait faire. Elle le remercia, puis se renfonça dans l'alcôve, pendant qu'il apostrophait les deux gardes en faction. Il les somma de se rendre à l'autre tour, sur ordre du roi.

— Je vous accompagne, lança Ygaël à voix haute.

C'était le signal dont ils avaient convenu. Éligia se pencha pour glisser un coup d'œil furtif dans le couloir. Les trois hommes s'éloignaient. La voie était libre. Sur la pointe des pieds, elle courut vers la lourde porte, l'ouvrit avec précaution et se faufila à l'intérieur de la tour.

# CHAPITRE X

*On est toujours trompé par quelque chose,*
*l'important est de ne pas se tromper soi-même.*

CLAUDE JASMIN

Éligia avait monté les trois cents marches de l'escalier à vis par étapes, en s'arrêtant souvent pour reprendre son souffle. Arrivée en haut de la tour, elle colla son oreille à la porte qui débouchait sur le chemin de ronde et écouta avec attention. De longues minutes s'écoulèrent. Enfin, elle entendit des voix qui se rapprochaient. C'étaient les hommes de guet. Ils s'arrêtèrent derrière le battant, puis s'éloignèrent. Elle savait qu'ils ne reviendraient pas avant une demi-heure, ce qui lui laisserait du temps pour profiter de son escapade.

Passant la tête à l'extérieur, Éligia constata que les gardes étaient déjà loin et lui tournaient le dos. Elle avait mis sa robe gris foncé; c'était celle dont la couleur se fondait le mieux dans le décor. Seul l'or de ses cheveux tranchait sur la pierre.

Au-dessus d'elle, le ciel avait pris une teinte bleutée. Éligia huma l'odeur lointaine de l'herbe et des fleurs. Un délice. Une légère brise chatouilla son visage. En fermant les paupières, elle s'imagina qu'elle était debout dans un champ et qu'elle avait recouvré sa liberté. L'illusion était presque parfaite. Elle resta là sans bouger, contentée. Des cris la sortirent de sa rêverie. Au loin, les sentinelles s'agglutinaient autour d'un poste d'observation. Certains semblaient sur le qui-vive. D'autres s'agitaient et faisaient de grands gestes des bras. Quelque chose en contrebas attirait leur attention.

Tout à coup, un des guetteurs sonna du cor. La longue plainte enflait dans la vallée, comme un cri de détresse se répercutant sans fin. Éligia, immobile, perçut un son étrange qui y répondait. C'était un appel aux accents victorieux, repris par des milliers de voix d'hommes, dans une langue qu'elle ne connaissait pas. Éligia s'approcha d'un créneau et se haussa sur la pointe des pieds pour regarder en bas. Elle fut horrifiée.

Les Khelonims couraient le long de la pente escarpée menant à Magnus Chastel et ils disparaissaient en hurlant dans les entrailles même de la citadelle.

« Ils sont là ! Mais comment ont-ils trouvé le passage secret ? » s'affola-t-elle.

Éligia se retourna vers les sentinelles et vit avec terreur qu'elles étaient déjà engagées dans un combat à mort avec l'ennemi. Elle n'eut que le temps de se plaquer contre un merlon pour ne pas être renversée par une vingtaine de soldats londauriens qui couraient prêter main-forte aux gardes submergés par le nombre croissant des Khelonims. La princesse ne douta pas que le rempart allait tomber aux mains des Khelonims, qui arrivaient, toujours plus nombreux, par vagues successives.

« Mon père ! Doria ! Il faut que je les rejoigne et vite ! » se dit-elle en rebroussant chemin, courant de toutes ses forces vers la tour où se trouvait l'escalier. Elle ne pensait qu'à redescendre pour retourner à sa chambre. Éligia allait passer dans la porte d'arche quand une ombre fondit sur elle. Persuadée qu'elle faisait face à un Khelonim, elle hurla de terreur.

— Calmez-vous, c'est moi ! s'exclama Doria en retirant la capuche qui cachait son visage. Je savais bien que je vous trouverais ici. Je vous ai suivie de loin.

La gorge nouée par l'angoisse, Éligia se jeta dans ses bras.

— Que se passe-t-il ?

— Je l'ignore. Et ce n'est pas le moment de parler, il faut fuir ! répondit Doria en l'entraînant.

Mais elles ne purent atteindre l'escalier. Ygaël de Peudebat, bras écartés, en bloquait l'accès. Doria força Éligia à reculer. En vain, Éligia tenta de lui faire comprendre qu'elles n'avaient rien à craindre de ce chevalier. La gouvernante, de tout son instinct en alerte, s'obstinait à maintenir une certaine distance entre eux.

Un peu énervée, Éligia réussit à la contourner et s'avança vers Ygaël. Quelque chose la retint de s'approcher davantage. Elle venait de remarquer son regard. Il luisait méchamment.

Doria empoigna Éligia par le bras et la tira de nouveau vers l'arrière pour lui faire un rempart de son corps.

— Écartez-vous de mon chemin, aboya Ygaël à l'adresse de Doria, je ne vous veux aucun mal, mais si vous me donnez du fil à retordre...

Éligia vit la lame d'un poignard briller. Elle comprit en un éclair que le chevalier Ygaël n'avait pas l'intention de la défendre contre les Khelonims.

— Princesse, fuyez! ordonna Doria, qui luttait déjà avec Ygaël.

Éligia obéit, mais elle ne pouvait descendre l'escalier, car Doria et Ygaël en bloquaient le passage. Elle décida de se diriger vers la tour opposée, mais s'arrêta presque aussitôt. Un peu plus loin, deux Khelonims la menaçaient de leurs glaives. Guettant leurs gestes, Éligia fit quelques pas vers l'arrière, sans voir que dans la lutte, Ygaël blessait Doria à mort. Celle-ci glissa sur le sol, le regard éteint. Le manche de la dague ressortait entre les pans de sa cape. Une tache rouge poissa la chemise de nuit comme un sceau de cire cachetant son décès.

Tout s'était passé en un éclair. Éligia, immobile, fixait les Khelonims avec horreur. Ygaël reprit son arme et marcha dans sa direction. Éligia recula. C'est alors qu'elle vit le corps de Doria et plaqua ses mains sur sa bouche pour retenir un hurlement.

De son côté, Ygaël ne se laissa pas distraire par la bavure que représentait la mort de Doria Lesserlink. Ce meurtre n'avait pas été commandé et il savait qu'il aurait du mal à le justifier en temps et lieu. Le chevalier-oiseleur se secoua. Il fallait d'abord et avant tout régler le cas d'Éligia. Un sourire factice étira les coins de sa bouche.

— N'ayez pas peur, princesse, grimaça-t-il en levant son poignard, avec moi, ce ne sera que l'affaire d'un instant. Mais si vous essayez de fuir, ces soldats khelônes vous rattraperont. Ils vous amèneront à Tartareüs Koubald. Cela ne serait pas à votre avantage : j'ai entendu dire qu'il aime les exécutions... élaborées. Votre agonie risquerait d'être longue.

Éligia ferma les yeux. Parce qu'elle avait les paupières closes, elle ignora l'ombre menaçante qui plongeait du ciel, droit sur elle. Il n'en allait pas de même pour les Khelonims. Conscients du danger, ils reculèrent. Ygaël se tassa contre un merlon et recouvrit sa tête de ses bras.

Un cri strident, un battement d'ailes. Une douleur atroce traversa les épaules d'Éligia. L'instant d'après, elle était emportée au-dessus du rempart crénelé par un gigantesque aélyon.

Beaucoup plus loin, débouchant de l'autre tour sur le chemin de ronde, Gorham Baerwold, impuissant, vit l'immense rapace enlever Éligia.

# CHAPITRE XI

*La mort est une possibilité que chacun
porte en soi à chaque instant.*

Marcel Achard, 1899-1974

Au moment où Éligia était ravie par l'aélyon, Vink quittait le camp des Khelonims pour se rendre en forêt. Nanken n'avait presque plus d'amadou pour allumer le feu et l'avait prié d'aller lui en chercher.

Heureux de s'éloigner de la clameur assourdissante de la bataille, Vink s'était muni de son arc, d'une hache et d'une besace. Kazmo trottait à ses côtés. Ils s'enfoncèrent sous le couvert des arbres. À peine avaient-ils marché un quart d'heure que Vink trouva un énorme amadouvier qui poussait sur le tronc d'un arbre affaissé. C'était un champignon parasite qui ressemblait à une sorte de coquillage boursouflé ou à un sabot de bakshour gondolé.

À grands coups de hache, Vink le décolla du tronc, le fourra dans sa besace et continua ses recherches. Avec l'aide de Kazmo, il dénicha bientôt trois champignons plus petits qui allèrent rejoindre le premier.

La chair intérieure de l'amadouvier, appelée amadou, servait de combustible. Une fois battue à coups de maillet et effilochée, cette matière ouatée s'enflammait à la moindre étincelle. C'est pourquoi chaque Khelonim portait sur lui, accroché au cou ou à la ceinture, un petit boîtier métallique contenant un briquet de silex ou d'acier, un morceau de marcassite et de l'amadou bien sec. Ainsi équipé, il était possible d'allumer un feu presque en toutes circonstances.

Plutôt satisfait de sa récolte, Vink décida de profiter de cette excursion en forêt pour chasser un peu au lieu de rentrer. Son instinct lui disait que les animaux, alertés par les mouvements et les cris des combattants aux abords de la forteresse, se rabattraient au plus profond des bois. C'était donc là qu'il se dirigeait, silencieux comme un amoureux allant à un rendez-vous secret. Kazmo se déplaçait aussi sur la pointe des pattes, à l'affût du moindre craquement. C'était un excellent rapporteur.

Ils eurent de la chance. Presque tout de suite, Vink repéra un petit skoyatt qui bondissait de branche en branche. Le rongeur noir et blanc orna bientôt le ceinturon de Vink, tout ragaillardi par ce succès. Peu de temps après, il localisa un oiseau dont la huppe dorée ressemblait à une couronne. C'était une tourtereine qui déambulait dans le sous-bois à la recherche de petits vers et de limaces. Aussitôt, une flèche s'envola et atteignit sa cible.

La tourtereine zigzagua entre les herbes, blessée à mort. Kazmo détala aussitôt. Il ne lui fallut qu'un instant pour revenir avec l'oiseau inerte en travers de la gueule.

— Bon jaffeur, dit Vink en dégageant la proie. Nanken sera contente.

Vink glissa le cou de la tourtereine dans son ceinturon. Il ne lui restait plus qu'à reprendre le chemin du camp. Mais Kazmo, le museau au ras du sol, semblait suivre une nouvelle piste.

Intrigué, Vink le regarda faire. Kazmo tournait sur lui-même, reniflant à gauche, à droite et revenant sur ses pas. Puis, d'un bond, il prit sa course.

— Hé, attends!

Vink s'élança à son tour. Filant tous deux comme le vent, ils débouchèrent enfin sur une clairière où les rayons de soleil s'infiltraient à travers les cimes des arbres. Là, au centre du cercle de lumière, se tenait un immense aélyon. L'envergure de ses ailes était d'une taille impressionnante. Vink l'estima à environ trois mètres et il ouvrait un bec acéré aussi gros que la main de Vink.

La tête du rapace, complètement déplumée, ressemblait à un crâne de squelette mis à nu. Il poussait d'horribles cris, penché au-dessus d'une proie étendue dans l'herbe. Vink ne parvenait pas à voir ce que c'était. Inquiet, il se rendit compte que Kazmo, la truffe entre les herbes, se rapprochait beaucoup trop de l'oiseau.

— Kazmo, ici! Tout de suite!

Rien à faire. Ne lâchant pas un centimètre, Kazmo, tapi au sol, grondait en direction du rapace. Vink sortit une flèche de son carquois. Prenant une bonne position d'appui, il tendit la corde. L'aélyon était menaçant, mais Vink ne manquait pas de courage.

De toutes ses forces, Vink banda l'arc, visa, puis relâcha les muscles de ses doigts. La flèche s'envola droit vers le cou de l'oiseau. Par une étrange coïncidence, alors que le projectile se dirigeait vers le gosier de l'aélyon, celui-ci fléchit la tête. En continuant sa trajectoire, le trait empenné lui transperça un œil.

L'aélyon poussa un cri déchirant. Il secouait son gros crâne, incapable de déloger la longue flèche fichée dans son globe oculaire. Fou de rage, il tourna la tête. De son unique œil, il s'efforça de localiser l'ennemi. Il repéra Vink comme celui-ci s'apprêtait à armer son arc de nouveau. L'aélyon ne lui en laissa pas le temps. Battant de ses ailes immenses, il souleva un tourbillon d'aiguilles de pin, de poussière et de terre dans toutes les directions.

Aveuglé, les yeux ruisselants de larmes, Vink ne vit pas que l'oiseau monstrueux franchissait la distance qui les séparait. Mais Kazmo, protégé par son épaisse crinière, ne perdit pas de temps. Il se jeta entre Vink et l'aélyon et attrapa une des pattes du rapace entre ses crocs puissants. Il broya la serre de l'aélyon en quelques claquements de dents aussi meurtrières qu'un piège à loup. À travers un brouillard, Vink réalisa enfin le péril auquel il venait d'échapper. Il courut s'abriter derrière un gros arbre.

Pendant ce temps, toujours aux prises avec Kazmo, l'aélyon était comme fou. Sa tête allait de droite à gauche, ses ailes se déployaient et se refermaient. Il glapissait sa colère aux quatre vents. Soudain, rejetant la tête en arrière, il abattit son énorme bec. Tel un couperet, il le planta dans la fourrure de Kazmo et lui lacéra la peau.

Le hurlement déchira les tympans de Vink. Malgré la douleur, Kazmo s'accrochait toujours à la patte de l'oiseau. L'aélyon prit un nouvel élan. Un deuxième coup de bec risquait d'être fatal. Il n'y avait pas de temps à perdre. Vink sortit de derrière son arbre et s'essuya le visage du revers de sa manche de chemise. Jambes écartées, il banda son arc.

— Sale bête, lâche-le ! cria-t-il pour attirer l'attention de l'aélyon.

Le truc fonctionna. Le rapace délaissa Kazmo. Vink visa avec beaucoup de précision l'œil valide de l'aélyon. Lorsque la flèche atteignit sa cible, Vink poussa un cri de joie.

Les yeux crevés, prisonnier d'une nuit éternelle, l'immense rapace ne pouvait ni retrouver sa proie, ni faire face à son ennemi. Le combat était terminé. Cherchant à fuir, l'aélyon essaya de prendre son envol. Il s'éleva à quelques mètres... et retomba. Une deuxième tentative lui permit de prendre un peu plus d'altitude. L'oiseau maintint sa hauteur, irrésolu quant à la suite des choses. Il entama un vol maladroit. Aussi pitoyable qu'un pantin cassé, l'aélyon disparut dans un cri de rage et de désespoir.

Dès qu'il fut hors de vue, Vink se rua sur Kazmo. La plaie était longue, mais par chance moins profonde qu'il ne l'avait cru.

« Lorsque nous rejoindrons le campement, Mère saura comment le soigner », se dit-il en appuyant son front sur la tête laineuse. La courageuse bête aurait besoin d'un bon bain ; ses longs poils torsadés étaient emmêlés de feuilles sèches, d'aiguilles de pin, de chardons et de sang.

— Merci, mon beau, encore une fois je ne m'en serais jamais sorti sans toi.

Prenant une petite gourde d'eau qu'il avait apportée dans sa besace, Vink en fit couler un peu dans la gueule de Kazmo. Le jaffeur lapa le liquide à grands coups avant de s'affaler dans l'herbe, épuisé.

— Attends-moi ici, Kaz. Je vais voir ce que l'aélyon s'apprêtait à manger.

Vink s'approcha avec circonspection. Il se méfiait. S'il s'agissait d'un animal blessé, celui-ci pourrait charger une dernière fois avant de mourir. Derrière lui, et malgré son épuisement, Kazmo se releva. Prenant les devants, il alla s'étendre tout contre la proie

délaissée par l'oiseau et fixa sur Vink un regard
implorant.

— Qu'est-ce qu'il y a ?

Vink comprit en jetant les yeux sur la forme étendue par terre. Ce n'était pas une brelette, ni même un
animal d'aucune sorte. C'était une fille. Une fille à
la longue chevelure blonde qui gisait sur les aiguilles
de pin. Le tissu de sa robe était déchiré aux épaules
et des mèches de cheveux collaient à ses blessures. Il
y avait six plaies situées un peu plus bas que les cla-
vicules et qui saignaient abondamment : trois sous
chaque épaule, là où l'aélyon avait enfoncé ses serres
coupantes.

Tout d'abord, Vink crut qu'elle ne respirait pas.
Mais en s'accroupissant, il constata qu'un tremblement continu l'agitait : elle vivait encore. Vink approcha son visage de celui de la fille. Les yeux dilatés,
vitreux, elle avait la bouche ouverte. Pas un cri, pas
un gémissement n'avait franchi ses lèvres. Vink pensa
qu'elle était muette.

— N'aie pas peur, je ne te veux pas de mal, dit-il.

Éligia ne comprenait pas la langue khelône, mais
elle sentit que le ton n'était pas menaçant. L'atroce
douleur qui irradiait de ses épaules au reste de son
corps l'obnubilait. Sachant qu'il ne pouvait la laisser à
la merci des bêtes sauvages, Vink tenta de la soulever.
Elle était plus lourde qu'il ne s'y attendait. Il dut la
redéposer sur le sol. Elle semblait à l'agonie. Glissant

avec précaution un bras sous ses genoux et l'autre sous son dos, Vink rassembla ses forces, transféra le poids sur ses cuisses et réussit, au prix d'un effort surhumain, à se mettre debout. Serrée dans les bras de Vink, Éligia s'évanouit.

Vink marcha quelque temps. Les arbres défilaient, tous semblables. Il dut toutefois admettre qu'il ne pourrait porter sa charge sur une longue distance; la fille s'alourdissait de plus en plus à mesure que ses forces diminuaient. Il fallait trouver une autre solution. En attendant, il la remit par terre et profita de cette pause pour examiner ses blessures.

« Elle perd beacoup de sang, il faut faire vite », se dit-il.

C'est alors qu'il se souvint d'un raccourci qu'il avait déjà emprunté à quelques reprises pour retourner au campement. Un sentier étroit, à peine balisé, où personne ne passait jamais. Il s'agissait de tenir bon jusque-là. Reprenant sa charge, Vink avança. Il se concentrait sur une seule chose : mettre un pied devant l'autre. Il pensait abandonner, quand il aperçut enfin le sentier et bifurqua pour s'y engager.

Mais Kazmo lui tourna autour des jambes.

— Ôte-toi de là, Kazmo! ordonna-t-il en cherchant en vain à le contourner.

Rien à faire. Kazmo, la langue pendant de côté, la truffe frémissante, semblait attendre que Vink comprenne. Les bras ankylosés, Vink déposa de nouveau la blessée. Kazmo courut en direction d'un amas de roches et de feuilles mortes se trouvant à l'écart du sentier. Il aboya en agitant la queue.

Curieux, Vink le rejoignit. Kazmo reniflait les branches. Il les écarta avec sa grosse tête et s'engouffra dans ce qui était l'entrée d'une caverne. Après avoir bien débroussaillé l'ouverture, Vink alla chercher la blessée. Il serra les dents et l'emporta jusqu'à la grotte, où il l'installa sur le sol. Kazmo s'allongea près d'elle, le museau entre les pattes.

— Kazmo, écoute. Je dois ramener Nanken ici au plus vite. Mais on ne peut pas la laisser seule. C'est dangereux. Je te la confie.

Kazmo agita la queue.

— Bon jaffeur, je ne serai pas long.

Vink quitta la grotte au pas de course, et ne cessa de courir que lorsque le campement fut en vue. À bout de souffle, il s'engouffra dans la tente et jeta sur la table le contenu de sa besace. Nanken, ravie, caressa les longues plumes de la tourtereine.

Vink perçut des clameurs venant de loin. La bataille faisait encore rage. Il se rendit compte qu'il avait presque oublié l'invasion de Magnus Chastel, tant son propre combat avec l'aélyon et le sauvetage de la fille avaient monopolisé son énergie. Soulagé d'avoir quelqu'un à qui se confier, il se précipita dans les bras de sa mère et débita son histoire d'un trait.

***

Nanken marchait dans la forêt aux côtés de Vink. Tous deux portaient des baluchons contenant de la nourriture, de vieux vêtements ayant appartenu à Vink, des bandages, des pots d'onguents, un bol de bois et une paire de ciseaux. C'est en guidant sa mère vers la grotte que Vink lui avait raconté plus en détail les événements de la matinée. Nanken avait posé plusieurs questions, puis elle s'était tue, le visage soucieux. Après un long silence, elle reprit la parole.

— D'après ce que tu me dis, cette enfant à qui tu as sauvé la vie n'est pas une Khelonim.

— En effet, mère, elle est... différente, certifia Vink.

— Réalises-tu bien la situation dans laquelle tu nous as mis, Vink ? Nous sommes en guerre contre le Londaure, notre tartareüs assiège actuellement la forteresse du roi Arild pour le capturer.

Vink baissa la tête. Tout s'était passé si vite. Il n'avait pas pensé aux conséquences de ce sauvetage.

Ils étaient arrivés devant la caverne. Avant d'entrer, Vink leva vers Nanken un regard implorant. Il ne pouvait supporter de décevoir sa mère et tâcha de lui faire comprendre son point de vue.

— Elle a failli être dévorée vive, mère. Je... je n'ai pas réfléchi. Elle souffrait tellement, dit-il en s'engouffrant dans la grotte.

Nanken regarda autour d'elle avant de le suivre à l'intérieur. Personne en vue. S'engageant derrière Vink, elle avança dans la pénombre.

— Je vais avoir besoin de feu, dit-elle.

Heureux de pouvoir se rendre utile, Vink ramassa des branches mortes, des brindilles et des aiguilles de conifères. Puis il sortit son briquet de silex, un morceau de pyrite et des brins d'amadou d'une petite boîte de métal. À toute vitesse, il percuta le briquet sur la pyrite, jusqu'à ce que des étincelles retombent sur les mèches d'amadou. Une légère fumée s'en échappa. Vink souffla doucement. Quelques instants plus tard, le feu crépitait en éclairant la grotte.

Lorsque Nanken Darkaïd vit les épaules déchirées et le sang qui tachait la robe, son cœur se serra de pitié. Pourtant, sa raison lui disait de s'éloigner et d'abandonner la blessée à son sort avant que de terribles ennuis ne s'abattent sur Vink et elle. Tiraillée entre la compassion et la prudence, elle hésita.

Elle caressa le front brûlant et repoussa une mèche blonde collée à la tempe mouillée de sueur. La fille bougea et Kazmo émit une plainte. Émergeant de ses pensées, Nanken écouta ce que lui dictait sa conscience. Elle ne pouvait regarder mourir un autre être humain sans rien faire. Elle sortit une petite fiole d'un des baluchons. Soulevant la tête blonde avec délicatesse, elle versa quelques gouttes d'un liquide doré entre les lèvres entrouvertes. La protégée de Vink se détendit presque aussitôt. Son visage au teint blafard perdit un peu de son aspect cireux; du rose colora ses joues.

Nanken vida ensuite le contenu d'une outre dans le bol de bois pour y tremper des linges. Elle coupa la robe pour dégager les épaules et nettoyer les plaies, tout en examinant leur profondeur. Vink, écoeuré, détourna la tête.

Le résultat de l'examen fut encourageant : les blessures étaient longues mais moins profondes qu'elle ne l'avait craint tout d'abord. Les muscles des épaules n'avaient été lacérés qu'en superficie. Si cette fille survivait à la fièvre, aux risques d'infection et au fait qu'elle avait perdu beaucoup de sang, elle ne devrait pas avoir de handicap permanent. Mais toute la question était de savoir si justement elle allait survivre... Rien n'était moins sûr, elle semblait si fragile.

Nanken laissa échapper un soupir et ne put s'empêcher de penser que si elle mourait, la menace de représailles pour Vink et elle s'envolerait du même coup. Elle s'efforça de chasser ces pensées de son esprit et appliqua une épaisse couche d'un onguent très collant sur les coupures, avant de les envelopper dans des bandages propres.

— Je dois lui couper les cheveux, ils risquent d'infecter ses blessures, dit-elle à voix haute.

Tout en raccourcissant les boucles dorées, elle ajouta :

— Il faut tout brûler: cheveux, vêtements, le moindre indice permettant de l'identifier.

— Pourquoi? interrogea Vink en ramassant les mèches de cheveux à poignées et en les jetant au centre des flammes.

— Écoute, personne au campement ne doit connaître l'existence de cette fille. À part Idriss, reprit Nanken. Nous devons tout dire à Idriss. Lui seul pourra nous conseiller sur la conduite à suivre. Maintenant, va attendre dehors. Je dois la déshabiller.

Lorsque les cheveux, le jupon et la robe furent consumés, on enfila à la fille des vêtements de Vink. Puis, Nanken prit de la teinture noire dans un pot et en frotta généreusement la tête rasée.

Reculant pour mieux admirer son travail, elle se déclara satisfaite. La Londaurienne étendue sur la pierre avait tout à fait l'apparence d'un très jeune Khelonim avec sa tignasse de cheveux noirs coupée à ras. Même Vink, que Nanken avait rappelé à l'intérieur, ne pouvait en croire ses yeux. Il avait l'impression d'avoir un nouveau frère.

Ensuite, ce fut au tour de Kazmo de recevoir les soins de Nanken. Après avoir appliqué l'onguent aux propriétés cicatrisantes sur le dos de Kazmo, elle prit la grosse tête poilue entre ses mains et plongea son regard droit dans les yeux du jaffeur.

— Peux-tu nous ramener le Mentor Idriss, mon beau? Ton maître doit être en service auprès du tartareüs, soit au campement ou à Magnus Chastel. Suis son odeur, tu le trouveras sans mal !

Kazmo lécha la main de Nanken.

— Allez, va !

Kazmo quitta la grotte en trottant.

— Il ne nous reste plus qu'à attendre le Mentor, dit Nanken en entourant de son bras les épaules de Vink.

# CHAPITRE XII

*Nous vivons de l'oubli de nos métamorphoses.*

PAUL ÉLUARD, 1895-1952

Kazmo rejoignit son maître au pied de Magnus Chastel, près de la douve. Assis le front entre ses mains, Idriss contemplait, paralysé, l'eau rougie où flottaient des corps sans vie. Il était dégoûté de la cruauté sans nom dont avaient fait preuve le tartareüs et ses guerriers. Dans la forteresse, les Londauriens luttaient encore pour survivre. En entendant des hurlements et des supplications. Idriss se boucha les oreilles, atterré. Il demeura longtemps immobile, conscient de ce crime et du rôle qu'il avait joué malgré lui. Lorsqu'il retira enfin ses mains, les cris avaient cessé.

C'est alors qu'il sentit la langue chaude du jaffeur sur sa joue. Kazmo exprimait avec tapage sa joie de le retrouver. L'animal cabriola en propulsant des mottes de terre et de l'herbe autour de lui, mais le Mentor ne lui accorda pas un regard. Kazmo prit la manche de son maître et tira sur le tissu.

— Laisse-moi, grommela Idriss d'un ton las. Va-t'en!

Kazmo continua son manège. Idriss ne broncha pas plus qu'une souche. Saisissant le bras de l'homme dans sa gueule, le jaffeur secoua la tête en tous sens.

— Aïe! Mais qu'est-ce que tu fabriques?

Le pincement s'intensifia. Idriss, agacé, essaya de se dégager. Roulant des yeux exorbités, Kazmo augmenta la pression de ses crocs. On aurait dit des tenailles de forgeron qui s'enfonçaient dans la chair. Il était évident que Kazmo ne céderait pas tant que son maître refuserait de le suivre. Se tournant vers Magnus Chastel, Idriss jura à voix haute:

— Je reviendrai bientôt pour réparer tout le mal que j'ai fait. Et que les Mille Dieux du Khel Maï me pardonnent!

Il ne servait à rien de rester là. Tartareüs Koubald ne s'était jamais montré aussi cruel et déraisonnable, rejetant une à une les tentatives d'apaisement du Mentor. Implacable, Koubald avait ordonné que tous les Londauriens trouvés à l'intérieur de la forteresse soient tués. Et pour justifier les atrocités qu'il faisait commettre, le tartareüs disait agir au nom de la prophétie, c'est-à-dire de la prédiction qu'Idriss avait faite des années auparavant.

Ce dernier était hanté par ce jour fatidique, plus de vingt ans auparavant. Il venait d'être consacré mentor et il lui incombait de faire une prédiction sur l'avenir de Koubald, le prince héritier du Khel Maï. Tout le monde ignorait qu'Idriss ne possédait aucun don de divination. C'était son demi-frère Varold, le handicapé, qui pouvait voir le futur ; il n'avait que onze ans, mais il possédait déjà de grands dons divinatoires.

Idriss avait donc consulté son demi-frère en cachette. Varold avait décrit des scènes horribles. À moins d'un miracle, Koubald serait un oppresseur sanguinaire. Varold avait ensuite supplié Idriss de ne pas révéler cette vision lors du cérémonial, car il était persuadé que le poids des mots de sa prophétie enclencherait la marche du destin, le rendant inéluctable.

Le lendemain, Idriss avait essayé de suivre ce conseil. Devant une foule de courtisans rassemblés dans la grande salle du palais royal, il avait reçu la cape du mentorat. Tartareüs Koram, le père de Koubald, l'avait déposée sur ses épaules. Idriss avait étudié plus de dix ans pour atteindre cette fonction. Il avait été simple apprenti, puis assistant. Ce jour était celui de sa consécration.

La deuxième partie de la cérémonie allait commencer. On aurait pu entendre une mouche voler dans la salle. Arrogant comme toujours, le prince Koubald s'était avancé vers le nouveau mentor, avec un regard impérieux qui lui intimait de lui prédire un glorieux avenir de conquérant. Les mains posées sur la tête du jeune Koubald, Idriss avait essayé d'inventer une prophétie qui aurait mis en scène un futur tartareüs juste et bon. Mais ce mensonge refusait de franchir ses lèvres.

Autour de lui, on murmurait déjà que la cape de mentor lui serait retirée, ainsi que les pouvoirs accompagnant cette charge, puisqu'il ne se décidait pas à parler. Alors l'ambition avait été la plus forte. Incapable de renoncer aux avantages liés au mentorat, Idriss avait récité la prédiction faite par Varold, au mépris des conséquences :

« Quand machines de guerre, sanglots et mort
Déchireront royaumes alliés
Le sang khelône à celui du Londaure
En péril affreux, d'amour liés.

Alors du chaos surgira le fils
De grande vaillance au combat
Porteur de paix, épris de justice
Des peuples soumis sera le roi.

Du trône, le père sera chassé
L'enfant brisant la tyrannie
Peuples et esclaves par lui libérés
Souffrance et cruauté bannies.

Sa reine, l'épée nouvelle fera tremper
En legs aux gardiens de mémoire,
Pourfendeurs d'oubli, voyageurs d'histoire,
Défenseurs de l'alliance et de l'Héritier. »

Idriss avait fait son choix. Il avait récité la prophétie de Varold en la prenant à son compte. Et Koubald s'était servi de la prédiction pour anéantir le royaume de Londaure, qu'il convoitait depuis longtemps.

— Maudite soit cette prophétie! marmotta le Mentor avant de suivre Kazmo.

\*\*\*

Kazmo avait guidé Idriss jusqu'à la grotte. Le Mentor observait Vink et Nanken tour à tour. Il avait écouté le récit du sauvetage et la part que tous deux y avaient prise, mais il sentait qu'un détail avait été omis. Vink évitait son regard et Nanken semblait réticente.

— Y a-t-il autre chose? demanda Idriss.

Nanken se décida :

— C'est une fille, dit-elle en indiquant la silhouette inconsciente. Nous l'avons déguisée en garçon.

— Une fille... Pourrait-il s'agir de la princesse? s'interrogea Idriss.

Nanken contempla la blessée d'un air soucieux. À son avis, il y avait peu de chances qu'elle soit de sang royal.

— C'est impossible, dit-elle. Elle n'avait pas d'escorte et sa robe ne payait pas de mine.

Idriss écouta la respiration saccadée. En dépit de son apparente fragilité, la blessée survivrait. Le

Mentor y vit un signe. Les Mille Dieux lui donnaient l'occasion de se racheter. De réparer le mal qu'il avait fait. Idriss se jura de lui apporter son aide.

— Nous ne devrions pas la ramener au campement, elle est trop mal en point, dit-il.

C'était également l'avis de Nanken. Après s'être concertés, ils décidèrent de se relayer au chevet de la blessée. Nanken retournerait au campement la première. Il ne fallait surtout pas négliger l'unité de Kûrik, sinon elle devrait en payer le prix. Dès qu'elle le pourrait, elle reviendrait à la grotte, munie de vivres supplémentaires et d'autres choses essentielles. Pendant ce temps, Idriss et Vink veilleraient sur la blessée, qui avait besoin de soins constants. Ils avaient assez de nourriture séchée pour passer deux ou trois jours dans la grotte. Vink chasserait; il s'était muni de son arc, comme toujours. Ensuite, ce serait au tour d'Idriss de se montrer; le tartareüs aurait remarqué une absence trop prolongée. Vink, le moins important des trois, serait le dernier à faire acte de présence au camp.

— Nous allons vous attendre, Nanken, fit Idriss d'un ton rassurant. Ne vous inquiétez pas.

Le soleil déclinait. Nanken embrassa Vink et partit à pas rapides, sans se retourner.

# CHAPITRE XIII

*Et se trouva des deux côtés des gens de bien, et de bien lâches [...]*
PHILIPPE DE COMMYNES, 1447-1511

DOMAINE DE SOUVENANCE,
AUTOMNE 1298

Dans sa chambre, un courant d'air fit frissonner Edkar, ce qui le sortit de ses pensées. Le parchemin était toujours étalé devant lui. Il y consigna les noms d'Éligia, d'Ygaël de Peudebat et de la pauvre Doria Lesserlink dans la colonne intitulée *Londaure*. Il contempla le document un moment, et versa ensuite du sable sur l'encre fraîche pour qu'elle sèche plus vite. Après avoir roulé la peau tannée, il l'inséra dans un cylindre de cuir et l'emporta avec lui pour se rendre à la Grande Salle, lieu de son rendez-vous avec Ludrik d'Alcyon.

Il longea d'abord le long couloir qui donnait sur les pièces de repos, puis il descendit l'immense escalier menant à l'étage du bas. Les portraits de ses ancêtres remplissaient les murs du hall d'accueil. Un peu plus loin, une immense glace était accrochée entre deux tentures.

Par habitude, Edkar y jeta un coup d'œil en passant. Il s'arrêta pile, surpris par le reflet que lui renvoyait le miroir. Il lui sembla que ses épaules s'étaient élargies. Il avait pris du coffre. Son visage semblait avoir vieilli de quelques années.

« Je me demande s'il s'agit des effets de la Mémoria dont m'avait parlé grand-père », pensa-t-il en ouvrant la porte de la Grande Salle.

Lorsqu'il entra dans la pièce, Ludrik et Cobée ne purent eux aussi que constater son évolution. Tout ce qu'ils observaient chez Edkar confirmait que le processus était enclenché. Son mûrissement prématuré, sa détermination, l'assurance qui transparaissait dans ses gestes et ses propos... Toutes ces transformations l'aideraient à affronter les événements qui se tramaient dans l'ombre. Elles n'étaient pas dues au temps qui passe, mais aux empreintes mnémoniques qu'il récoltait et qui laissaient leurs traces en lui. Les voyages à rebours, qui lui donnaient par procuration une plus grande expérience de la vie, affectaient aussi son corps. Sa masse musculaire s'était développée. Il avait grandi de quelques centimètres et sa voix avait une sonorité beaucoup plus grave. Son caractère s'affirmait de plus en plus. D'ailleurs, il le prouva en prenant la parole le premier, ce qu'il n'aurait jamais fait un mois plus tôt, étant d'un tempérament plutôt réservé.

— Selon le marché que nous avons conclu, je peux mettre un terme aux voyages à rebours si je ne vois pas à quoi me sert d'aller dans la Mémoria, dit Edkar en s'asseyant à la table où ses grands-parents l'attendaient.

— C'est bien ce dont nous avons convenu, confirma Ludrik en surveillant Edkar qui, après avoir retiré le parchemin de son étui de cuir, le déroulait sur le bois verni à la cire d'abeille.

Cobée et Ludrik parcoururent le document du regard.

— Jusqu'à présent, j'ai fait la connaissance de tous ces gens, reprit Edkar en désignant les colonnes de noms, mais je ne comprends toujours pas pourquoi il était nécessaire que je les rencontre. Il faut m'en dire plus si vous voulez que je continue.

Ludrik et Cobée échangèrent une œillade.

— Voici les protagonistes d'un drame qui s'est joué il y a un peu plus de deux cents ans, mais dont les répercussions se font sentir encore aujourd'hui, commença Ludrik.

— Ferais-tu allusion aux brigands qui sèment la terreur dans le pays? demanda Edkar. Je ne vois pas le rapport entre ces bandits de grands chemins et la bataille de Magnus Chastel. D'autant plus que deux siècles nous séparent de cet événement.

Cobée soupira.

— J'aurais tant voulu que tu profites encore de quelques années d'insouciance. Mais les circonstances nous forcent à agir. Vas-y, Ludrik, explique-lui un peu plus de quoi il s'agit.

— En gros, voici l'état de la situation. Lorsque je t'ai parlé d'une bande de malandrins, je ne connaissais pas leur identité. Nous espérions, Cobée et moi, qu'il s'agissait seulement d'un attroupement de pillards que l'on aurait pu stopper bien avant qu'ils ne se rapprochent de Souvenance. Par malheur, les informations que j'ai obtenues récemment ont confirmé nos pires craintes. Il te faut savoir que loin d'ici vivent les Morguehaute. Il y a quelques mois, Alecto de Morguehaute a levé une armée. Depuis, ses troupes ont envahi les domaines qui entourent ses terres. Morguehaute est sanguinaire et sans pitié pour tous ceux qui lui résistent. Chaque victoire l'enhardit. Tôt ou tard, il tournera son regard vers nous. Ce jour-là, nous devrons nous défendre. Toutefois, il n'y a pas encore péril en la demeure.

Edkar se leva pour marcher de long en large. En entendant le nom de Morguehaute, il avait ressenti un picotement dans les mains. Comme une envie instinctive d'en découdre avec l'ennemi.

— Alors, ne perdons pas de temps. Si la bataille de Magnus Chastel a des contrecoups sur nous, je veux y retourner. Pour mieux comprendre et, comme tu dis, pour mieux me préparer. Je veux savoir ce qui s'est passé quand les Khelonims ont envahi la forteresse.

Cobée eut les larmes aux yeux, mais Ludrik approuva. Il vint se placer face à Edkar et l'aida à fusionner avec la Mémoria.

\*\*\*

MAGNUS CHASTEL, ÉTÉ 1033

Gorham Baerwold, l'intendant de la Défense, s'était précipité sur les remparts et avait assisté, impuissant, à l'enlèvement d'Éligia, emportée dans les cieux par le plus grand aélyon qu'il ait jamais vu. Mais auparavant, il avait eu le temps d'apercevoir Ygaël de Peudebat qui la menaçait de son couteau. L'intention meurtrière était on ne peut plus claire. Sa complicité avec les Khelonims aussi.

Fou de rage, Gorham tira son épée et se rua sur le chemin de ronde. Ygaël et les Khelonims lui tournaient le dos. Ils suivaient la trajectoire aérienne du rapace géant et de sa captive qui battait des pieds au-dessus du vide. Avec les cris et les bruits de la bataille toute proche, ils ne l'entendirent pas approcher. Si Gorham l'avait voulu, il aurait pu occire Ygaël avant que ses complices ne réagissent. Mais ce n'était pas son genre de frapper en traître par-derrière.

— Retourne-toi, lâche! hurla Gorham, en s'adressant au chevalier londaurien.

Ce furent les deux Khelonims qui lui firent face. L'intendant se jeta sur eux tandis qu'Ygaël gardait une certaine distance. Les glaives khelônes et l'épée londaurienne s'entrechoquèrent dans un bruit de métal déchiré.

Gorham, plus souple et expérimenté, tenait tête à ses deux adversaires malgré les privations des derniers mois. Un des Khelonims, blessé à la jambe, s'effondra momentanément, ce qui permit à Gorham d'enfoncer son épée dans l'abdomen de l'autre. Dans sa fougue, il avait perforé de bord en bord l'armure d'écailles de tortue.

Messire Ygaël, qui avait suivi la lutte avec le secret espoir de voir l'intendant succomber, n'avait plus le choix : il devait engager le combat. Profitant de ce que Gorham était occupé à retirer son épée du corps de son ennemi défait, Ygaël se fendit, l'épée tendue, et faillit l'embrocher. D'un prodigieux bond de côté, Gorham réussit à esquiver le coup.

L'autre Khelonim, qui s'était remis debout, se porta à l'aide d'Ygaël. À nouveau, le combat passa à deux contre un. Il en fallait plus pour décourager Gorham Baerwold. Il fit un moulinet de son épée et para aux attaques, tournoyant sur lui-même de telle façon que les deux autres ne savaient jamais où il serait l'instant d'après. Ygaël, aiguillonné par la peur, frappait de tous côtés comme un forcené. Il finit par blesser au passage son allié khelône. Le Khelonim l'abreuva d'injures dans sa langue. Gorham éclata de rire devant l'air déconfit d'Ygaël.

Peu à peu, Gorham prenait l'avantage de la lutte. Les deux autres reculaient sous ses coups et montraient

des signes de fatigue. Gorham en profita pour inter-
roger messire Ygaël, en ponctuant chaque coup d'épée
d'une question :

— Qui t'a payé pour te débarrasser de la princesse ?

— Vous n'avez pas à le savoir.

— Comment as-tu osé t'en prendre à la fille du
roi ?

— J'obéis à mon maître. Il n'a que faire d'Arild et de
sa descendance. Le Londaure sera bien mieux gouverné
lorsque sa race sera éteinte. Dommage pour la princesse,
mais on ne fait pas de boudin sans saigner le cochon.

Ces mots révoltèrent Gorham Baerwold. Il se
déchaîna, se déplaçant à la vitesse d'une guêpe, piquant
ici et là en multipliant les feintes. Chacun de ses coups
atteignait la cible. Ygaël avait à présent une cuisse tail-
ladée tout du long. Quant au Khelonim, il s'était adossé
contre un merlon. Écartant les mains de son ventre,
il eut une expression de stupeur : elles étaient pleines
de sang. Il glissa sur le sol et demeura assis, le regard
vitreux. De son côté, Gorham n'avait qu'une éraflure à
l'épaule. Il se rapprocha d'Ygaël.

— Alors, c'est l'ignoble Rumfred de Raefen que tu
as choisi pour roi ? siffla l'intendant.

Ygaël ne répondit pas. Il se concentrait sur le combat. Il sembla même reprendre le dessus, car Gorham,
trébuchant sur un des corps gisant par terre, perdit
l'équilibre et se retrouva sur le dos. Dans la chute, son
épée était retombée à un mètre de lui. Ygaël se jeta en

avant, mais il boitait, ce qui eut pour effet de ralentir
son élan. Cela laissa le temps à Gorham de rouler sur le
côté, d'empoigner son épée et de se remettre sur pied.

— Finissons-en! s'exclama-t-il en bondissant sur
Ygaël, qu'il transperça à l'épaule.

Ygaël titubait. Son bras droit pendait le long de
son corps. Gorham Baerwold appuya la pointe de son
épée contre la gorge de son adversaire, mais pas trop,
afin de lui laisser le champ libre pour parler.

— Maintenant, tu vas tout me dire, gronda Gorham.
Rumfred est-il acoquiné avec Tartareüs Koubald?

— Je ne parlerai pas au valet d'un roi sans royaume.
Le Londaure va tomber dans quelques heures. Mais il
vous reste la possibilité de vous amender: pourquoi
ne pas changer de camp? Nous avons besoin d'un
homme de votre trempe. Je pourrais parler pour vous
et intercéder en votre faveur...

Gorham contemplait Ygaël avec tant de mépris
que ce dernier se tut.

— Au compte de trois, je vais transpercer ton gosier
de faux jeton si tu n'as pas commencé à me donner des
informations intéressantes, fut la réponse glaciale de
Gorham, cependant qu'il augmentait la pression de
son épée. Un mince filet pourpre coula le long du cou
d'Ygaël. « Un... deux... tr... »

— Attendez, je vais tout vous dire... Mon maître...

Ses mots s'étranglèrent, son regard se voila et il
retomba en avant, le dos transpercé d'une dague. À

quelques pas, le dernier Khelonim, lui-même à l'agonie, avait trouvé la force de lancer le poignard pour empêcher le traître de parler. Cet ultime effort lui coûta la vie. Assis dans une mare de sang, le soldat khelône grimaça. Une secousse, des convulsions et il expira. Toute la scène s'était passée très vite. Gorham n'avait plus rien à faire en haut des remparts. Il devait rejoindre le roi, organiser la défense de la forteresse, essayer de sauver ce qui pouvait l'être encore. Il s'élança vers les créneaux, à mi-chemin entre les deux tours. Lui seul savait qu'il y avait là un escalier dérobé, accessible par une porte secrète. Tout à coup, il passa devant un corps étendu et reconnut Doria Lesserlink.

Avec respect, Gorham referma les paupières de la morte, puis la souleva dans ses bras. Il appuya de sa main libre sur le coin d'une pierre, déclenchant du même coup l'ouverture d'une porte basse qui tourna sur ses gonds.

Gorham Baerwold s'engouffra à l'intérieur après avoir jeté un regard circulaire sur le chemin de ronde. Au loin, les Khelonims et les Londauriens luttaient avec acharnement, et personne ne le vit disparaître dans la muraille. Il pourrait déposer le corps dans un réduit en attendant de lui offrir un enterrement convenable.

\*\*\*

Les Khelonims déferlaient à l'intérieur de Magnus Chastel comme une nuée de locustes rasant tout sur leur passage. À chacun des étages, les Londauriens essayaient de se regrouper, de résister tant bien que mal. Les hommes se battaient avec courage. Des femmes et des enfants, du haut des mezzanines, déversaient de l'huile chaude et du sable sur l'ennemi.

Combattant au milieu de la furie depuis plusieurs heures, Gorham savait à quel point les pertes étaient lourdes pour le camp du roi Arild. À présent, le découragement s'installait ; certains assiégés cédaient à la panique, fuyant en désordre devant l'ennemi.

— Revenez, couards ! cria-t-il à la ronde en espérant rallier les fuyards. Londauriens, avec moi pour le service du roi !

Sa voix était parvenue à couvrir les bruits ambiants. Si plusieurs assiégés choisirent la fuite, d'autres vinrent le rejoindre et livrèrent à ses côtés un corps à corps féroce. Alors qu'une première rangée de Khelonims tombait sous leurs coups, il fallut bientôt se rendre à l'évidence : le nombre des guerriers khelônes augmentait. Ils affluaient de partout, tandis que le groupe de Londauriens était de plus en plus décimé. Dans la frénésie de cette lutte inégale, Gorham pensa au roi qui combattait à l'étage supérieur. Il le savait bien entouré par les frères de Hamenett et par Duntor. À la tête d'une centaine d'hommes, les braves sujets se seraient fait couper en morceaux plutôt que de laisser les Khelonims toucher à un cheveu de leur souverain. Gorham redoubla d'énergie, mais ses alliés tombaient un à un. Le vide se fit autour de lui. Il finit par se retrouver seul au centre d'un imposant cercle d'adversaires qui le défiaient avant de sonner la curée. Gorham, désespéré, au bord de l'épuisement, s'apprêta à livrer son dernier combat.

Juste à ce moment, des soldats du roi Arild apparurent. Une nuée de flèches fit reculer les Khelonims, qui hurlèrent de rage à l'idée que Gorham Baerwold risquait de leur filer entre les doigts. Ils voulaient à tout prix éliminer ce Londaurien qui avait abattu un si grand nombre de leurs hommes à lui seul. Mais malgré les efforts des Khelonims, Gorham fut dégagé de sa fâcheuse position.

— Viens, lui cria l'un des soldats pour couvrir le bruit de la mêlée. Au service du roi !

C'était un ordre auquel nul ne pouvait se dérober. Pendant que les hommes d'armes continuaient la lutte et protégeaient leur retraite, Gorham Baerwold suivit le soldat vers une colonne de pierre. Une corde, jetée d'une trappe ouverte au plafond, descendit à leur hauteur. Gorham l'agrippa et commença l'ascension. Levant la tête pour évaluer la distance qu'il lui restait à grimper, il vit par l'ouverture de la trappe le visage de Duntor qui lui souriait de toutes ses dents, heureux de voir qu'il était sain et sauf.

Sans crier gare, Duntor disparut de la trappe. Il revint quelques instants plus tard avec une grosse potiche entre les mains.

— Tiens, attrape ça! grogna-t-il en lançant le vase à bout de bras.

— Es-tu fou? fulmina Gorham Baerwold, qui avait failli être assommé.

Duntor indiquait un point derrière lui. Tournant la tête, Gorham repéra un Khelonim agile qui grimpait le long de la corde et se rapprochait de lui. C'était cet ennemi que Duntor avait visé. Accélérant l'allure, Gorham réussit à atteindre la trappe et Duntor l'aida à se hisser.

# CHAPITRE XIV

*Un silence peut être parfois le plus cruel des mensonges.*

ROBERT LOUIS STEVENSON, 1850-1894

Sans perdre de temps, Duntor sortit son épée et trancha le filin. Gorham referma la trappe et poussa le verrou. Ils étaient à présent dans un couloir désert. De chaque côté du corridor, des rayons de bibliothèque aux innombrables livres couraient le long des murs. Les reliures en cuir ancien étaient ornées de dorures et brillaient à la lueur des flambeaux. Gorham se dirigea vers une section et avança la main, mais Duntor arrêta son geste.

— N'entrons pas tout de suite, nous devons parler.

Gorham, surpris, abaissa le bras.

— La reddition est imminente. Nous n'avons pas vraiment le temps de discuter, Duntor. Il faut mettre le roi à l'abri sans tarder.

— C'est justement le problème. La princesse Éligia est introuvable et le roi Arild ne fuira pas sans elle. Pour l'empêcher de partir à la recherche de sa fille, j'ai dû l'enfermer à clé, dit Duntor en s'épongeant le front.

Notre roi semblait comme fou. Il aurait retourné la forteresse sens dessus dessous pour retrouver la princesse, et nul doute qu'il se serait fait égorger par le premier Khelonim venu.

Gorham blêmit.

— La fille de notre roi n'est plus.

Duntor chancela.

— Notre malheur est grand, mais nous n'avons pas le temps d'être tristes ou de nous affliger, ajouta Gorham. Nous devons, je ne sais comment, annoncer la terrible nouvelle au roi et le convaincre de fuir avant qu'il ne soit trop tard.

— Tu as raison, soupira Duntor. Allons-y !

Sans hésitation, parmi la multitude de volumes serrés les uns contre les autres, Gorham prit un livre à la reliure bleu azur, où une épée traversait une couronne argentée, et le pencha vers lui. Aussitôt, une des sections de bibliothèque pivota sur elle-même. Ils avaient devant eux une lourde porte de bois clouté, en forme d'ogive. Elle était fermée. Duntor prit une grosse clé de fer forgé qui pendait à une chaîne accrochée à son cou. Il l'inséra dans la serrure et tourna trois fois.

— Le roi était furieux, chuchota Duntor, il m'a menacé de me faire jeter aux oubliettes.

— Si ça peut te consoler, dis-toi qu'il n'y pensera plus dans un moment. Il saura reconnaître que tu as agi par loyauté.

La porte maintenant déverrouillée, Duntor remit la lourde clé à Gorham. Les deux hommes entrèrent dans la pièce, vaste mais peu meublée : un grand lit, quelques coffres pour les vêtements, une table de travail en bois massif, des chaises, un jeu d'échecs… c'était tout. Ils se trouvaient dans la chambre secrète du roi.

Gorham Baerwold verrouilla la porte et se dirigea vers une bibliothèque au mur. Sur un des rayons, un livre identique à celui qui actionnait le mécanisme d'entrée était en retrait sur sa tablette. Quand il fut repositionné, bien aligné avec les autres volumes, la section de bibliothèque pivota dans l'autre sens et reprit sa position initiale. À l'extérieur, dans le corridor, plus rien n'indiquait qu'une pièce se trouvait derrière les rangées de livres.

Arild faisait les cent pas, allant du lit à la table et de la table au lit, comme un animal en captivité.

— Où est Éligia ?

L'heure n'était plus aux tergiversations, il fallait mettre le roi au courant. Avec le sentiment de lui enfoncer une dague dans le cœur, Gorham annonça au roi la mort de sa fille et celle de Doria.

— Elles ont été tuées par le chevalier Ygaël de Peudebat.

Il ne mentionna ni l'aélyon, ni le fait qu'Éligia était vivante la dernière fois qu'il l'avait vue. Il ne servait à rien que le roi nourrisse un espoir insensé et se lance dans une quête où il aurait risqué sa propre vie. Éligia avait été tuée par le rapace ou bien il l'avait laissée tomber, et la chute, à la hauteur où volait l'oiseau, ne pouvait qu'être fatale. Il ne subsistait aucun doute dans son esprit : Éligia de Londaure n'était plus.

Arild titubait, cherchant à enregistrer la finalité des mots de Gorham.

— Mais que faisait-elle sur le chemin de ronde à cette heure ?

Gorham fit signe qu'il n'en savait rien.

— Et ce chevalier Ygaël, ce traître, dit le roi en serrant les poings, à quelle Maison appartient-il ?

— À la Maison de Raefen, Sire.

Gorham et Duntor se regardèrent. Rumfred de Raefen. Encore lui. Après les oiseaux-messagers qui ne revenaient pas, un tueur provenait de sa Maison.

Duntor soutenait le roi qui semblait sur le point de défaillir. Mais sa faiblesse ne dura pas.

— Laissez-moi passer, je dois récupérer le corps d'Éligia. Jamais je ne laisserai ces barbares mettre leurs pattes sur ma petite fille ! cria-t-il en luttant avec Duntor.

Exaspéré par la résistance de Duntor, Arild fit mine de tirer *Célérité*, son épée, du fourreau.

— Vas-tu t'ôter de mon chemin ? Ne me force pas à...

Dans la bousculade, Duntor avait dû repousser Arild avec force. La tête du roi percuta un mur de pierre. Il s'affaissa, inconscient. Affolé, Duntor se précipita vers lui.

— Profitons de son inconscience pour le sauver contre son gré, maugréa Gorham. Nous allons emprunter un passage secret, connu seulement du roi et de moi-même, et qui se trouve ici dans cette chambre.

Duntor chargea Arild sur une de ses épaules avec autant de facilité que s'il s'était agi d'un vulgaire fagot de bois. Sans perdre un instant, Gorham traversa la pièce et repoussa une tenture dissimulant une pierre marquée d'une rosace. Il appuya de toutes ses forces sur le motif sculpté. La manœuvre actionna un mécanisme et une énorme dalle pivota sur elle-même. S'emparant de deux flambeaux, Gorham fit signe à Duntor de le suivre.

C'est à ce moment qu'ils entendirent de nombreux Khelonims qui approchaient. Par le bruit, Gorham estima qu'ils se trouvaient dans le couloir, de l'autre côté de la fausse bibliothèque.

— Ils ne repéreront pas de sitôt le livre qui ouvre le passage.

— À moins qu'un traître, dit Duntor, ne leur ait indiqué comment accéder à la chambre du roi.

Comme il prononçait ces mots, ils entendirent la section de bibliothèque tourner sur ses gonds. L'instinct de Duntor ne l'avait pas trompé.

— Vite ! dit Gorham, en levant les deux flambeaux pour éclairer le chemin.

Il s'engagea dans le passage secret, suivi de Duntor portant le roi inconscient sur son épaule. Il fallut quelque temps pour que les guerriers du tartareüs réussissent à défoncer la porte. Lorsqu'ils se ruèrent dans la pièce, elle était vide.

# CHAPITRE XV

— Tu dois me suivre de près, Duntor, avertit Gorham. Nous sommes dans un labyrinthe de galeries souterraines dont tu ne pourrais jamais sortir vivant si tu t'y perdais.

Duntor émit un grognement. Il replaça le corps toujours inconscient du roi Arild sur son épaule et emboîta le pas à Gorham qui éclairait le chemin. Ils parcoururent un long corridor qui déboucha sur un embranchement à trois voies. Il fallait continuer tout droit, ou bifurquer d'un côté ou de l'autre. Sans hésiter, Gorham s'engagea dans l'allée de gauche. Il entraîna Duntor et son précieux fardeau à grandes foulées décidées jusqu'à la fourche suivante, où il prit à droite, puis encore à droite, et où, la fois suivante, il continua tout droit. On aurait dit qu'il était guidé par des flèches invisibles.

Constatant que la distance augmentait entre Gorham et lui, Duntor rugit :

— Attends-moi !

Gorham, qui allait s'engouffrer dans une nouvelle galerie, revint sur ses pas.

— Je te croyais juste derrière moi, s'excusa-t-il en levant bien haut sa torche pour mieux voir le visage de Duntor.

À bout de souffle, en nage, celui-ci haletait.

— Veux-tu que je porte le roi à mon tour ? s'enquit Gorham.

Duntor fit un signe de dénégation.

— Je vais y arriver si tu vas moins vite.

— Encore quelques couloirs et nous arriverons à la Chantepleure, où nous quitterons le labyrinthe des galeries. Qu'en penses-tu ?

— Ça ira pour moi, répondit Duntor.

— Alors, allons-y. Au service du roi !

Ces mots eurent l'effet escompté : tous deux reprirent leur élan. Ils arrivèrent enfin au terme de leur périple, dans un vaste espace circulaire dont on pouvait faire le tour en marchant sur un large rebord. Duntor remarqua que passé cette bordure, le sol descendait en une pente aiguë vers un trou béant au centre de la pièce. Sept séries d'échelons de fer partaient du bord de la pente et menaient toutes à l'orifice central, qui ressemblait à un tuyau vertical.

Duntor, qui commençait à avoir l'épaule ankylosée, alla déposer avec délicatesse le roi dans le couloir d'où Gorham et lui venaient tout juste de déboucher. À cet endroit, il n'y aurait pas de danger qu'Arild glisse au bas de la pente et fasse une chute dans le trou.

— Voici la Chantepleure, construite il y a des siècles sous le règne d'Albred le Prévoyant, dans le but d'offrir à ses héritiers une chance d'évasion en cas de nécessité, dit Gorham en faisant un geste circulaire de la main.

D'où il se trouvait, son compagnon constata qu'il lui était impossible d'évaluer la profondeur du tuyau.

« On dirait un énorme entonnoir », pensa Duntor, qui n'en voyait pas l'utilité à moins que l'endroit ne soit menacé d'inondation. Il frissonna en imaginant que des trombes d'eau pourraient envahir les galeries souterraines, emportant tout sur leur passage. Mais Gorham continuait :

— Ces échelons permettent de descendre à l'intérieur du tuyau central et d'atteindre sept ouvertures creusées dans le roc.

— Je ne les vois pas, fit Duntor en s'étirant le cou.

— Regarde de plus près, dit Gorham en descendant de quelques barreaux, ce qui le rapprocha du trou béant.

Il encouragea Duntor à suivre son exemple. Dès qu'ils furent engagés dans le vaste conduit vertical, Gorham indiqua, tout autour d'eux, des ouvertures creusées dans le roc.

— Les échelons permettent d'accéder aux sept bouches de la Chantepleure, dont chacune constitue l'entrée d'un tunnel différent. Mais un seul d'entre eux mène à la liberté.

La voix de Gorham Baerwold laissait paraître une grande admiration pour l'ingéniosité de ces premiers Londauriens, architectes, manouvriers et autres, dont la civilisation, bien que très ancienne, avait été capable de produire ce chef-d'œuvre.

Duntor, que l'habileté de ses ancêtres laissait plutôt froid, remonta les échelons de fer et poussa un soupir de soulagement en posant ses pieds bien à plat sur le sol. Mais un détail le tracassait :

— Tu as dit qu'un seul de ces tunnels nous permettra de fuir. Qu'arriverait-il si nous nous engagions dans le mauvais ?

— Eh bien, selon celui que tu aurais choisi, tu pourrais faire une chute dans les oubliettes, ou un plongeon vertigineux qui se terminerait dans des sables mouvants, répondit Gorham d'un ton détaché. Tu pourrais aussi t'égarer dans un labyrinthe dont on ne trouve jamais l'issue, ou encore dans un tunnel qui libère des pieux vous transperçant de part en part. Voyons, il m'en manque encore deux, fit-il en comptant sur ses doigts. Ah oui, une des bouches se referme pour broyer celui qui y est entré et la sixième est enduite d'un poison mortel.

Duntor, sidéré, avait écouté cette étonnante énumération. On aurait cru que Gorham lui vantait la meilleure façon de perdre la vie par mort violente.

— Alors, lequel de ces tunnels est le bon ?

— Je l'ignore, répondit Gorham en haussant les épaules d'un air fataliste. Je connaissais l'existence de la Chantepleure grâce aux grimoires anciens de la bibliothèque royale.

— M... mais alors, co... comment as-tu fait pour nous guider dans les couloirs souterrains ? balbutia Duntor. À la façon dont tu te dirigeais, j'aurais pu croire que tu les avais creusés toi-même !

— Le roi et moi avons exploré les galeries depuis le commencement du siège. Je devais pouvoir évacuer le roi et sa fille sans danger pour leur vie.

— Comment as-tu fait pour mémoriser le trajet ?

— J'ai suivi des inscriptions gravées dans la pierre, expliqua Gorham. Rappelle-toi, à chaque intersection, je levais bien haut ma torche et je jetais un coup d'œil vers le plafond. Ce que tu ignorais, c'est que je ne m'engageais dans un passage que s'il était marqué des lettres P. R., qui veulent dire : le Pas du Roi. Ou, si tu préfères, le chemin que seul le roi peut arpenter.

Duntor s'approcha de la série d'échelons se trouvant juste à côté de lui. Ce qu'il remarqua lui fit pousser une exclamation de joie.

— P et R ! Regarde, Gorham ! s'enthousiasma-t-il, s'apprêtant à descendre les barreaux métalliques tout en désignant d'un doigt excité les deux lettres gravées dans la pierre juste au-dessus des échelons.

Mais Gorham le retint d'une main ferme.

— Regarde comme il faut, inconscient! gronda Gorham. Les séries d'échelons portent toutes la même inscription.

Ce n'était que trop vrai. Duntor, ébranlé, scruta les lettres en silence. Mais son optimisme naturel reprit le dessus, et il tourna un visage confiant vers Gorham.

— Cesse de me faire languir, et dis-moi plutôt comment tu vas reconnaître la bonne entrée de la Chantepleure. Tu dois avoir un plan.

Gorham écarta les bras en signe d'impuissance.

— Je n'en sais pas plus. Aucun grimoire ne révélait le secret de la Chantepleure. Seul le roi connaît la solution. Lui seul peut nous faire sortir d'ici. Et il est encore inconscient.

D'un même élan, Duntor de Vried et Gorham Baerwold se dirigèrent vers le corps immobile d'Arild. Il était étendu là où Duntor l'avait déposé. La pâleur de son visage ne présageait rien de bon. Gorham versa un peu d'eau de sa gourde sur le front du roi, puis lui tapota la joue. En vain. Inquiet, Gorham grommela:

— J'ai bien peur que tu ne l'aies sérieusement blessé.

Duntor, mortifié et bourré de remords, se tordait les mains.

— Mais non, je t'assure que ce doit être le choc d'apprendre la mort de la princesse Éligia qui l'a mis dans cet état.

Gorham resta auprès du roi, mais ses efforts pour le réanimer demeurèrent infructueux. Alors il se releva.

— Il ne nous reste plus qu'à attendre et à prier pour qu'il se réveille.

« Et qu'il possède toutes ses facultés », pensa-t-il avec angoisse.

Soudain, des murmures et des chuchotements se firent entendre. Les deux hommes, surpris, se retournèrent de tous côtés. Rien en vue. Pourtant, une voix féminine plus harmonieuse que tout ce qu'ils connaissaient les enveloppait. Son charme insidieux les enchaînait sur place comme l'auraient fait des maillons de fer. Chaque note s'insinuait dans les profondeurs de leur âme et y réveillait leurs aspirations les plus secrètes. Tout à coup, la mélopée enivrante se transforma en pleurs déchirants.

— Il y a quelqu'un ? cria Duntor en se relevant d'un bond. Gorham, tu entends, une femme se trouve tout près d'ici. Je suis sûr qu'elle est prisonnière de ce maudit entonnoir. Nous devons la secourir !

— La Chantepleure ne s'appelle pas ainsi pour rien, expliqua Gorham en le retenant par le bras. Elle est comme une gigantesque flûte de pierre. Le vent qui s'engouffre dans les souterrains crée ces émouvantes sonorités auxquelles il est si difficile de résister. Ce n'est pourtant qu'une illusion, un piège mis en place par les ingénieurs d'Albred le Prévoyant. Il n'y a personne d'autre ici que toi et moi.

— Et le roi ! clama une voix derrière eux.

# CHAPITRE XVI

*Il vit, mais il n'a pas conscience lui-même qu'il vit.*
OVIDE, 43 AV. J.-C. – 17 APR. J.-C.

Ils se retournèrent en même temps. Arild, debout, les bras croisés, semblait attendre que Gorham et Duntor daignent s'apercevoir de sa présence. Aussitôt, ils s'agenouillèrent devant leur souverain. Dans l'entonnoir rocheux, la voix féminine se lamentait, mais son pouvoir n'avait plus aucune emprise sur Duntor, émerveillé par la soudaine guérison du roi.

— J'aimerais bien qu'on me dise pourquoi j'ai une bosse de la grosseur d'un œuf de poule sur le crâne. Et où sommes-nous ? questionna Arild de Londaure.

Gorham Baerwold et Duntor de Vried échangèrent un regard. Duntor, qui se sentait coupable, toussota pour se donner une contenance, tandis que Gorham prit sur lui de rompre le silence.

— Sire, rappelez-vous, les Khelonims ont envahi Magnus Chastel et nous sommes en fuite.

— Les Khelonims ? répéta le roi, hésitant.

Arild de Londaure cherchait à se souvenir, mais ses pensées jouaient à cache-cache dans un épais brouillard qui ne parvenait pas à se dissiper. Seule la journée précédente se déroulait sans accroc dans son esprit. C'est ainsi qu'il se rappela avoir travaillé ce matin-là, puis avoir tenu conseil et être allé visiter les entrepôts. Il avait joué une partie d'échecs avec Achikur et avait ensuite consacré une heure à sa fille Éligia, car Doria, la vieille nourrice, lui avait confié que la princesse était déprimée.

L'image de sa fille, limpide comme l'eau claire, fut la dernière chose qu'il se remémora. Ne songeant plus qu'à elle, le regard du roi balaya l'espace autour de lui.

— Où est Éligia ? demanda-t-il avec angoisse.

Le visage de Duntor devint aussi blanc que les linceuls dont on enveloppait les morts. Gorham prit une longue inspiration. Il ne cacha rien au roi. Tout y passa : Ygaël menaçant Éligia de son couteau et l'ultime sacrifice de Doria Lesserlink, morte en tentant de protéger la princesse. Ensuite, il se força à raconter l'enlèvement d'Éligia par l'aélyon. Arild écouta, pétrifié. Tombant à genoux, il cacha son visage dans ses mains. Un tourbillon d'images lui revenait : la terrible bataille, la nuée de Khelonims saccageant et pillant la forteresse. Il se rappelait la tuerie, la peur et les hurlements.

Arild remontait le fil de ses souvenirs et finit par se revoir dans sa chambre alors que Gorham lui annonçait la mort de sa fille. Il crut devenir fou à nouveau. La douleur, tel un poignard acéré, le traversa de part en part.

— Éligia, ma petite fille...

Le roi pleura. Longtemps.

— Je suis désolé, reprit Gorham avec beaucoup de difficulté.

Arild de Londaure se prit le front entre les mains. Il s'en voulait tellement de n'avoir pu la protéger. Comme s'il lisait dans les pensées de son souverain, Gorham Baerwold murmura:

— Vous souffrez, Sire, mais votre peuple souffre autant que vous. Tant de Londauriens sont morts... Tant d'autres sont emprisonnés... Pendant que Tartareüs Koubald assiégeait Magnus Chastel, par tout le royaume ses soldats ont fait régner la terreur. Vos sujets ont dû courber l'échine devant l'envahisseur. Ils ont besoin d'un modèle à suivre. Il leur faut un roi rassembleur. Un roi qui a souffert autant qu'eux, mais qui surmontera sa douleur pour sonner la charge et libérer son peuple.

Gorham avait su trouver les mots que le souverain devait entendre. Arild se redressa.

— Tu as raison, il faut reprendre le combat, dit-il. Pour l'instant, les Khelonims sont les plus forts. Mais nous les aurons à l'usure. Je vengerai ma fille et ne connaîtrai pas de repos tant que les Khelonims et la Maison de Raefen ne seront pas écrasés! Il faut nous rendre à Fellebris et convaincre Aster de nous aider.

— Montrez-nous le chemin, Sire, s'écria Duntor en désignant le vaste entonnoir à leurs pieds. Connaissez-vous le moyen d'identifier le tunnel qu'il nous faut choisir ?

Un éclair de détermination passa sur les traits tendus du roi.

— Mon père m'a confié ce secret, que son père lui avait divulgué, et que le père de ce dernier lui avait enseigné, tout comme l'avaient fait tous les rois de Londaure précédents depuis le règne d'Albred le Prévoyant. Regardez bien, messires.

Et le roi descendit les échelons jusqu'au tuyau central. Il ne s'était pas attardé aux lettres P. R. gravées devant chaque série de barreaux, mais arrivé à la hauteur de la première bouche d'entrée creusée dans le roc, il pointa les initiales à côté de l'ouverture :

— Le Pas du Roi !

— Oui, oui, nous savons, s'exclama Duntor avec impatience, mais il y en a partout, Sire, de ces damnées lettres ! Au-dessus des échelons, près de chacune des entrées. Il y en a même trop, si vous voulez mon avis, bougonna-t-il entre ses dents.

Gorham réprima un sourire et le roi leva un sourcil.

— J'allais dire, mon cher Duntor, que seul le roi peut franchir le premier la Chantepleure. Et cela grâce au sceau royal incrusté dans le chaton de ma bague. Elle n'a jamais quitté mon doigt depuis le jour où je suis monté sur le trône, ajouta le roi en appliquant sa bague sur chacun des points du P. et du R.

Le premier essai fut infructueux. Arild remonta les échelons, redescendit le long d'une autre série de barreaux et s'arrêta à nouveau à la hauteur d'une seconde ouverture. Encore une fois, il imprima le sceau royal à la pierre gravée, sans plus de résultat. Puis il recommença la manœuvre, encore et encore, tant et si bien que Duntor sentit son optimisme s'évaporer. Mais enfin, au cinquième essai, le point sous la lettre R s'enchâssa dans le chaton de la bague.

— Voilà ! dit triomphalement le roi.

Gorham et Duntor rejoignirent leur souverain qui s'était déjà engagé dans le tunnel. Il y faisait si noir que Duntor ne voyait pas le dos d'Arild ; il se trouvait pourtant juste derrière lui. Gorham fermait la procession. Ils avancèrent longtemps à quatre pattes dans l'étroit couloir.

Tout à coup, Duntor remarqua que le sol s'inclinait en une légère pente vers l'avant. Au fur et à mesure qu'ils avançaient, l'inclinaison s'accentuait.

— Arrêtons-nous ici, commanda le roi, et que chacun s'assoie ! Nous sommes au Coulis, dernière étape de la Chantepleure. À partir de ce point, nous allons glisser sur la pierre qui a été recouverte d'un enduit spécial. Il nous sera impossible d'arrêter notre descente une fois celle-ci amorcée. Donc, préparez-vous à atteindre une vitesse impressionnante.

— Mais... nous allons nous rompre les os à l'arrivée ! s'écria Duntor, alarmé.

— Aucun danger, répondit Arild d'un ton rassurant, la chute se termine dans un lac souterrain.

Avant que Duntor ait eu le temps de répliquer, Arild avait déjà amorcé sa descente.

— Je ne sais pas nager ! hurla Duntor quand Gorham, lui appuyant ses deux pieds contre le dos, le projeta de toutes ses forces dans la descente en spirale qui l'emporta, horrifié, vers le lac souterrain.

# CHAPITRE XVII

*Car, encore incertaine de son retour,*
*l'âme frappée de stupeur ne peut s'affermir.*

TORQUATO TASSO (LE TASSE), 1544-1595

Duntor coulait comme une roche dans l'eau profonde. «Concentre-toi», pensa-t-il en essayant de ne pas céder à la panique. Ses pieds touchèrent enfin le sable mou. Il donna un bon coup de talon sur le fond vaseux pour remonter. Une faible lueur dansait au loin. Là-bas, tout en haut, se trouvait la surface du lac. D'instinct, il étendit les bras au-dessus de sa tête et les rabattit le long de son corps. La poussée de l'eau le fit remonter d'un bond. Encouragé, il recommença le mouvement. Il était certain à présent de pouvoir rejoindre la surface. Mais au moment où la peur de se noyer s'estompait, une ombre redoutable fendit l'eau dans sa direction et fonça droit sur lui. La forme indéterminée le frôla. Il parvint à l'esquiver avant qu'elle disparaisse dans les eaux brunâtres.

Cherchant des yeux l'inquiétante silhouette et ne décelant aucun mouvement à proximité, il reprit sa nage improvisée. La surface était encore loin.

Par malheur, le répit fut de courte durée. L'ombre menaçante venait de réapparaître dans son champ de vision. Duntor essaya de battre des pieds plus vite. Mais une tenaille se referma sur une de ses chevilles. Désespéré, il la frappa de son pied libre.

Il luttait avec une chose qu'il ne parvenait pas à identifier mais dont l'aspect, effrayant, était celui d'une créature à deux têtes. Pendant un court laps de temps, il tenta de repousser l'ennemi du lac. Cependant, il perdait des forces. L'asphyxie le guettait. Quelques bulles s'échappèrent de ses narines et il ferma les yeux, s'abandonnant à l'engourdissement. Il allait mourir. Son corps reposerait à jamais dans les flots souterrains...

Quand il rouvrit les yeux, il était étendu, mouillé et grelottant, sur un quai de pierre. Une algue pendait de ses cheveux et lui chatouillait le nez.

— Ça va mieux? demanda une voix lointaine.

Quelques gouttes tombèrent sur le visage de Duntor et il réalisa que le roi, dégoulinant, était penché au-dessus de lui et le regardait d'un air inquiet.

— Tu nous en as donné du fil à retordre! Qu'avaistu à nous repousser ainsi alors que tu ne sais même pas nager?

Duntor, hébété, cherchait à comprendre le sens de ces mots.

— Un peu plus et tu nous noyais avec toi, renchérit Gorham, un sourire ironique au coin des lèvres. Tu es fort comme un malifant[3] quand tu t'y mets!

Partagé entre le soulagement et la confusion, les poumons encore brûlants, Duntor n'avait pas la force de bouger. Il en profita pour examiner les lieux. Ils se trouvaient dans une immense grotte souterraine. Des stalactites pendaient de la voûte comme des glaçons pétrifiés dans le roc et des stalagmites jaillissaient du sol. À certains endroits, les concrétions formaient des piliers qui donnaient à ce lieu l'allure d'un temple ancien. Où que portât le regard, les parois de l'immense grotte étaient ornées de dépôts de calcaire comme autant d'étranges sculptures : trolls géants, visages déformés, animaux bossus et créatures surnaturelles. Tout autour, le silence n'était troublé que par le bruit des gouttes d'eau tombant à un rythme régulier.

Duntor remarqua une ouverture ovale dans la paroi rocheuse. Haut perchée, elle était assez large et pouvait se comparer à la sortie de déversement d'une décharge. Ce ne pouvait être que le Coulis par lequel ils étaient tombés à l'eau, d'une hauteur de cinquante mètres environ.

Un juron proféré par Gorham fit sursauter Duntor. Soufflant et haletant, Gorham tirait de toutes ses

---

3. Malifant : créature gigantesque, mi-mammouth, mi-éléphant à deux trompes.

forces sur une longue chaîne de fer dont une des extrémités était fixée au sol par un arceau rouillé. De toute évidence, il essayait de dégager les maillons entrelacés de leur ancrage. Le regard de Duntor suivit la chaîne sur sa longueur pour trouver où elle menait. Serpentant sur le sol humide, elle s'enroulait en spirale pour former un monticule, avant de remonter jusqu'au plafond. L'autre extrémité de la chaîne maintenait une impressionnante charge suspendue dans les airs.

À présent, Arild s'était joint à Gorham et tous deux, rouges et en sueur, agrippés aux anneaux de fer, halaient en vain. L'arceau ne cédait pas.

— Hé, Duntor, plaisanta le roi, quand tu auras fini de faire la sieste, pense donc à venir nous aider !

Gorham le regardait d'un air goguenard en se massant le biceps ; Arild soufflait sur la peau rougie de ses doigts. Duntor s'empressa de les rejoindre. Avec une expression sérieuse, il soupesa les maillons entrelacés. Ensuite il testa la résistance de l'arceau de fer.

— Ce ne sera pas facile, annonça-t-il. Qu'est-ce qu'il y a tout en haut ?

— Tu le sauras quand tu l'auras fait redescendre, fit Gorham, plus taquin que jamais.

Duntor haussa les épaules et lui fit signe de reculer. Crachant dans ses mains, il les frotta l'une contre l'autre. Puis il prit une grande inspiration avant de tirer sur la chaîne. Arc-bouté, les veines du cou gonflées et le teint violacé, il réussit à faire bouger l'arceau sous les encouragements de ses compagnons.

— Tous les trois ensemble! suggéra le roi en saisissant la chaîne.

— Un, deux, trois...

L'arceau céda d'un coup sec. La chaîne, entraînée par le poids de l'objet massif qui retombait du plafond, se déroula à une vitesse folle, si bien qu'ils faillirent lâcher prise. Heureusement, Duntor reprit les maillons à pleines mains et fit contrepoids. Il s'éleva du sol, suspendu à la chaîne comme un sonneur de cloches, et parvint à ralentir la chute de la masse juste avant qu'elle ne s'écrase au sol. Gorham et le roi guidaient la manœuvre et la forme fut déposée avec précaution sur les dalles de pierre. En hâte, ils soulevèrent l'épaisse bâche qui la recouvrait.

C'était une barcasse d'un vieux modèle, dont le bois traité et recouvert d'un vernis spécial s'était bien conservé. Malgré tout ce temps passé dans la caverne, elle n'était pas endommagée.

— Voici notre moyen de sortir d'ici, leur apprit le roi Arild.

— Au fait, où sommes-nous? Sous Magnus Chastel? s'informa Duntor.

Le roi fit un geste de dénégation.

— Lorsque nous avons glissé dans le Coulis, la descente a été très longue, tu te souviens?

Duntor hocha la tête.

— Eh bien, cette distance que nous avons parcourue nous a menés hors des fortifications de Magnus Chastel. Nous avons traversé la falaise d'est en ouest. Ce lac, devant nous, s'écoule en un cours d'eau souterrain qui se jette dans l'Ygorne. Nous allons donc nous servir de cette barcasse pour nous évader. Lorsque nous atteindrons la rivière, nous nous trouverons à une vingtaine de lieues de la forteresse.

— Mais nous nous dirigerons droit vers les terres d'Oudart de Morguehaute, le duc félon! C'est de la folie, nous ne sommes que trois!

— Ce n'est pas comme si un large éventail d'options s'offrait à nous, mon bon Duntor, soupira le roi Arild. Le lit de la rivière traverse effectivement les terres de Morguehaute, mais il nous faut passer par là pour nous rendre à Fellebris.

Duntor grinça des dents. Oudart de Morguehaute, duc d'Aquilénor, s'était associé aux Khelonims pour que ses domaines soient épargnés de la destruction. Son aide avait facilité l'invasion du Londaure.

— Si nous sommes chanceux, nous pourrons peut-être franchir le duché d'Aquilénor sans avoir à mettre pied à terre, remarqua Gorham.

Ni Arild ni Gorham ne jugèrent bon de s'appesantir sur cette phrase. Ils savaient qu'ils auraient à franchir un obstacle majeur : il y avait de forts rapides là où la rivière souterraine se jetait dans l'Ygorne. De nombreuses embarcations s'y étaient retrouvées par le fond, tordues ou cassées en deux par la fureur des flots. Beaucoup d'hommes avaient perdu la vie à cet endroit que l'on n'appelait pas pour rien le Sault des Trépassés.

# CHAPITRE XVIII

*Pour être vivante, une légende doit servir.*

LOUIS LEFEBVRE

Depuis peu, une légère vibration du sol intriguait Gorham. Il épiait le moindre son, aux aguets.

— Attendez, écoutez! les interpella-t-il, un doigt sur les lèvres.

Arild et Duntor prêtèrent attention et discernèrent à leur tour une série de frêles ridules sur le lac. Puis le frémissement se transforma en une série de vaguelettes qui s'abattirent contre le quai. Le lac s'animait comme sous l'effet de la marée. Le battement régulier s'intensifia. De grosses vagues crêtées d'écume s'écrasèrent sur la pierre, se retirèrent et revinrent à la charge. On aurait dit des rangées de danseuses faisant la révérence en jupons mouillés. Gorham, tendu, ne quittait pas des yeux la surface de l'eau. Soudain, un puissant bouillonnement libéra une multitude de bulles d'air aussi grosses que des barriques de vin.

— Mais... qu'est-ce que?..

Quelque chose s'apprêtait à remonter hors de l'eau. Et de toute évidence, ce devait être énorme !

— Fuyez, Sire !

Arild et Gorham coururent vers la barcasse et plongèrent derrière la grande coque de bois. Duntor était parti de son côté.

Prudemment, Gorham jeta un coup d'œil. Il plaqua aussitôt une main sur sa bouche pour retenir un cri d'effroi. Un serpent monstrueux jaillissait au-dessus de l'eau ! Il tenait une anguille encore frétillante entre ses dents. Elle avait l'air d'un petit ver de terre dans la gigantesque gueule du reptile. Le roi, voyant Gorham tressaillir, se pencha à son tour de l'autre côté de l'embarcation. Effaré, il contempla le monstre. Cette créature infernale lui disait quelque chose, mais il ne parvenait pas à l'identifier... En tout cas, il pria pour qu'elle s'éloigne et aille dévorer son repas plus loin.

Comme si elle accédait à son désir, la créature fendit l'eau en direction de la rive opposée. Tout en nageant, elle fouetta à plusieurs reprises la surface avec sa queue ; chaque coup résonnait comme un claquement de tonnerre. Le bruit était si assourdissant qu'Arild et Gorham se bouchèrent les oreilles. Enfin, le gigantesque reptile émergea dans un terrible bruit de succion.

— Une vouivre ! chuchota le roi en se rappelant à quelle créature ils avaient affaire. Mon grand-père m'avait parlé de ces serpents ailés, mais j'étais convaincu qu'il s'agissait d'une légende.

Gorham n'en croyait pas ses yeux. Il n'avait jamais rien vu de pareil. La vouivre, au corps recouvert d'écailles luisantes et visqueuses, était longue de vingt mètres. Elle avait déposé l'anguille frétillante sur le sol et la retenait de ses pattes arrière, courtes et ongulées. Elle ouvrit une gueule béante, pourvue de crocs acérés, et mordit sa proie. L'anguille cessa bientôt de bouger. Triomphante, la vouivre déploya deux ailes de chauve-souris aussi grandes que la voilure d'un navire.

Duntor ne se trouvait pas très loin. Il s'était caché derrière une section de rochers humides et espionnait la créature par un interstice dans la pierre. Il avait beau retenir son souffle, le sang battait dans ses veines avec la force d'un océan déchaîné. Il avait l'impression que son cœur faisait un vacarme de tous les diables. Fermant les yeux, il attendit avec fatalisme que l'effroyable serpent se jette sur lui.

Mais au bout d'un moment, il ne s'était toujours rien passé. Duntor entrouvrit un œil. L'animal visqueux cherchait quelque chose et ne semblait pas avoir détecté sa présence. Peut-être que le serpent n'avait pas un flair très développé. C'est alors qu'il remarqua que la vouivre n'avait pas d'yeux. Elle possédait une gueule gigantesque et bien pourvue de dents, deux petites narines, mais aucun globe oculaire n'ornait son faciès. Elle était donc aveugle.

Hésitante, elle marchait sur ses pattes arrière et zigzaguait sans direction apparente, en accrochant des stalagmites au passage. Pourtant il fut bientôt clair que la vouivre savait où elle allait, cheminant vers une sorte de caillou brillant. Et plus elle s'en approchait, plus la lumière s'intensifiait. En tendant le cou, Duntor parvint à distinguer l'objet de sa convoitise : une grosse pierre précieuse – une escarboucle – de la taille d'une paume humaine. Son éclat le surprit, car si la pierre était aussi rouge qu'un grenat, la luminosité qui s'en dégageait avait la clarté des rayons du soleil. La créature fabuleuse poussa un grognement de satisfaction. Puis elle se pencha et colla son front sur la pierre. Lorsqu'elle se releva, l'escarboucle ornait son faciès comme l'œil d'un cyclope.

Fini la démarche incertaine et les tâtonnements. La vouivre revint vers l'anguille. Aussitôt, un jet de flammes sortit de sa gueule et une bonne odeur de poisson grillé flotta dans l'air. L'instant d'après, l'écho renvoyait le bruit de sa mastication dans tous les recoins de la caverne. Un frisson parcourut la colonne vertébrale de Duntor. Il valait mieux ne courir aucun risque, il devait rester immobile.

Le silence qui régnait était bon signe. Duntor se détendit un peu. La vouivre finit de manger. Elle rampa vers une alcôve creusée dans le mur du fond de la grotte. Lorsqu'elle posa son regard sur ce qui paraissait tout d'abord être un tas de cailloux, Duntor faillit échapper une exclamation de surprise. L'escarboucle du front de la vouivre illuminait d'une clarté presque diurne un énorme coffre ouvert débordant de pierres précieuses, de pièces d'or et de bijoux. Des colliers pendaient de chaque côté du coffre, des hanaps, des bols en or et des tiares jonchaient le sol tout autour. La vouivre repue digérait son repas et dodelinait de la tête. Elle se lova sur son trésor et la luminosité de son escarboucle diminua, puis s'éteignit tout à fait, Duntor comprit que la vouivre s'était endormie.

*** 

Accroupi, Duntor ne sentait plus ses jambes. La vouivre dormait toujours. Il n'osait pas quitter sa cachette de peur d'éveiller le monstre.

Arild et Gorham se demandaient s'ils devaient créer une diversion afin de permettre à Duntor de les rejoindre.

— Je ne crois pas que ce soit une bonne idée, chuchota Gorham, elle va le rattraper et le brûler vif. Ensuite, ce sera notre tour.

Le roi acquiesça. Terrés derrière la barcasse, ils décidèrent d'attendre eux aussi.

*** 

Des lucioles géantes tournoyaient depuis peu autour de la vouivre. L'une d'elles s'approcha de trop près. Le frôlement de ses ailerons réveilla le monstre. Rapide comme l'éclair, la vouivre passa à un cheveu de l'attraper. Mais la luciole réussit à l'éviter en plongeant vers le sol. Un peu de rase-mottes autour des piliers de concrétion calcaire lui permit de s'éloigner en virevoltant. La vouivre poussa un grognement de déception. Son estomac émit un grondement aussi fort que le roulement d'un tambour. Elle avait faim. Les nerfs tendus, Duntor se tenait plus que jamais aux aguets. La vouivre affamée décida qu'il était temps de retourner à la pêche. Sa collation d'anguille était bien digérée à présent. Il lui fallait quelque chose d'autre à se mettre sous la dent.

Elle déposa encore une fois son escarboucle à l'abri, entre deux rochers. Elle ne la portait jamais dans le lac, car la lumière émanant de la pierre précieuse aurait averti le moindre alevin de sa présence. Redevenue aveugle, la vouivre replia ses immenses ailes et plongea dans l'eau sombre.

Il n'y avait pas un instant à perdre. Duntor voulut se relever, mais retomba par terre : ses jambes ankylosées n'obéissaient plus. Le roi et Gorham accoururent et le soutinrent de leur mieux. Avec leur aide, Duntor clopina en direction de la barcasse. Ils se croyaient hors de danger, quand la vouivre fusa hors de l'eau comme un javelot huileux. Un mélange de rugissement et de sifflement tonna dans la caverne. Grâce à son ouïe et à son odorat, la vouivre les avait repérés.

D'un coup de queue, elle fouetta un pilier de pierre qui vola en éclats. Un jet de flammes jaillit de sa gueule et manqua Duntor de peu. Le serpent ailé cracha ensuite une gerbe de feu dans la direction du roi. Arild eut la vie sauve en se jetant *in extremis* derrière un rideau de calcaire solidifié. Ce n'était que partie remise. Reculant la tête, le monstre battit de ses larges ailes et s'apprêta à recracher avec force. Gorham estima que le roi n'aurait pas deux fois la même chance. Agrippant une grosse pierre, il la jeta dans le lac. Le bruit de la chute évoqua un corps plongeant dans l'eau. La vouivre furieuse se tourna aussitôt dans cette direction et lança une gerbe incendiaire à la surface de l'onde.

Derrière les colonnes de pierre, la voix du roi commanda avec force :

— Vouivre, écoute-moi ! Tu es la gardienne du trésor d'Albred le Prévoyant qui t'aida jadis en reprenant ton escarboucle à un voleur et en te la rendant... Je suis son descendant, Arild, souverain de Londaure. Cela signifie que je suis protégé de ta colère par le serment d'allégeance vous unissant, Albred et toi, et qui se perpétue à sa descendance. J'ai vu le manuscrit de mon aïeul et je sais que j'aurais le droit de te demander l'escarboucle si un danger de mort me menaçait. Ce jour est arrivé.

Redressé, le serpent aveugle écoutait, comme hypnotisé. Duntor ne respirait plus et Gorham se mordait les lèvres. Si la vouivre sortait de son état de transe et passait à l'attaque, c'en était fini du roi.

— Vouivre, nommée Gardienne du Trésor par mon ancêtre, reprit Arild d'une voix impérieuse, mes compagnons et moi-même sommes recherchés, morts ou vifs. Le peuple londaurien est vaincu et à la merci d'un implacable ennemi. J'ai besoin de ton aide. Je te demande donc de me prêter la pierre. J'en aurai besoin dans ma lutte. Cela signifie pour toi un grand sacrifice, car tu n'auras plus ton œil. Il te manquera la vision pour un temps, mais tu n'es pas menacée. Personne ne connaît le passage qui mène à ton repaire. L'existence de ce trésor et ta présence ici sont inconnues. Acceptes-tu d'attendre mon retour? Je jure de te rendre l'escarboucle dès que je le pourrai.

La créature ailée resta un long moment immobile. Enfin, elle abaissa sa monstrueuse tête et s'inclina devant le roi. Tous deux repartirent vers la rive où se trouvait l'escarboucle. La vouivre s'installa près des rochers et poussa une longue plainte qui ressemblait à un chant d'adieu. Arild, tenant la pierre précieuse, revint vers ses compagnons.

— Elle va nous laisser partir comme ça? s'étonna Duntor en marchant vers la barcasse, soutenu par le roi et Gorham.

— La vouivre est liée au sort des rois de Londaure depuis la nuit des temps. Si les Khelonims s'incrustent trop longtemps à Magnus Chastel, ils risquent de la découvrir. Contre l'armée khelône, même un monstre de son envergure périrait sous le nombre. Il est à son avantage de nous aider.

— Je croyais que vous considériez la vouivre comme une créature de légende, rétorqua l'intendant Gorham.

Le roi hocha la tête.

— Pendant longtemps, c'est vrai. D'autant que l'existence de la vouivre et le serment qui la lie à notre famille sont mentionnés dans un grimoire intitulé *Mythologie du royaume de Londaure*. Pourtant, mon grand-père en parlait toujours comme si elle avait vraiment existé. Devant mon incrédulité, il m'avait demandé de ne pas considérer la vouivre comme un simple élément de folklore. « Elle peut vivre très, très longtemps, me disait-il. Qui sait, elle garde peut-être toujours le trésor que lui a confié Albred le Prévoyant. Et s'il fallait que tu aies besoin de son aide ? Autant que tu saches comment faire face à cette éventualité. » Ses conseils ont été précieux, en fin de compte.

Pendant cet échange, ils étaient arrivés devant la barcasse, qu'ils mirent à l'eau. Duntor et le roi prirent place à bord puis Gorham, d'une forte poussée, l'éloigna de la rive. Le roi était assis à l'avant et tendait l'escarboucle à bout de bras pour éclairer la voie à suivre. Ainsi illuminée, l'eau du lac devint couleur de jade pur. Gorham Baerwold ramait sans effort, complètement absorbé par l'étrange faune calcaire défilant sur les murs et la voûte de la grotte. Ses compagnons, plus pragmatiques, guettaient une embouchure quelconque dans le roc.

— Là-bas, la rivière souterraine, dit le roi en pointant le doigt vers l'avant.

Ils aperçurent une arche basse qui ouvrait sur un canal. Gorham augmenta la cadence.

En guise d'adieu, la vouivre cracha un faisceau de flammes et d'étincelles qui retomba dans le lac comme une fontaine dorée.

# CHAPITRE XIX

*Ô qu'il est doux de plaindre le sort*
*d'un ennemi quand il n'est plus à craindre.*

PIERRE CORNEILLE, 1606-1684

## DOMAINE DE SOUVENANCE,
## AUTOMNE 1298

Ce matin-là, Edkar se préparait à recevoir une leçon d'escrime. La lourde épée de Ludrik était accrochée au mur. Il n'y avait pas si longtemps, Edkar ne la soulevait qu'avec difficulté. Cette fois, il la décrocha de son support avec aisance. Étonné, il soupesa l'arme. Elle paraissait d'une incroyable légèreté. La faisant tournoyer à plusieurs reprises d'une seule main, il écouta, ravi, le son que produisait la lame en fendant l'air.

— En garde ! le défia Ludrik.

Edkar engagea la lutte. Sans réfléchir, il exécuta avec fougue une série de fentes, de parades, de feintes et de bonds. Pour la première fois de sa vie, il donnait du fil à retordre à Ludrik. Au bout d'une demi-heure, il était évident qu'Edkar maniait l'épée avec la dextérité d'un chevalier aguerri. Il était à peine essoufflé lorsque Ludrik exigea que s'arrête la démonstration.

— Ne t'avais-je pas mentionné que tu t'approprierais certaines notions dans la Mémoria? rappela Ludrik pendant que Cobée épongeait son front. Par une sorte d'imprégnation, les voyageurs du rebours profitent du savoir et de l'expérience des gens qu'ils rencontrent dans les empreintes mnémoniques. Tu en es un exemple parfait : en observant Gorham Baerwold, tu as intégré ses techniques de combat. Tes progrès en escrime sont impressionnants!

— Et je parie que tes connaissances s'étendent à plusieurs autres domaines, maintenant, ajouta Cobée en ouvrant un herbier qui se trouvait sur un buffet. Voyons, sais-tu ce que c'est?

Du doigt, elle pointait une tige et des feuilles étalées sur le papier rugueux. Edkar s'approcha. Il n'avait jamais vu ce végétal. Pourtant, il n'hésita pas une seconde :

— De l'andhorre.

Cette certitude lui était venue d'un coup. Elle provenait d'une longue pratique des herbes et des plantes.

— Je possède l'expertise de Nanken Darkaïd, déclara-t-il à voix haute, certain d'avoir raison.

Ludrik et Cobée acquiescèrent. Edkar sentit une grande excitation l'envahir. Tant de perspectives s'ouvraient à lui. Il lui était possible d'acquérir des connaissances infinies dans la Mémoria. Et de s'y promener à sa guise. Cela, il l'avait compris depuis peu, tirant ses conclusions à la lumière de ses voyages à rebours passés. Il décida de confirmer son hypothèse en interrogeant Ludrik.

— Grand-père, j'ai l'impression de ne plus être confiné à un seul souvenir à la fois lorsque je fusionne avec une empreinte mnémonique.

— C'est normal. Au fur et à mesure que tu vas être en contact avec la mémoire collective, tu seras en mesure d'aller d'un souvenir à l'autre sans avoir à revenir dans ton présent entre les deux.

Edkar haussa des sourcils interrogateurs. Amusés, Ludrik et Cobée échangèrent un regard de connivence.

— Ne t'en fais pas trop, tu ne tarderas pas à découvrir les nombreuses propriétés de la Mémoria, affirma Ludrik d'un ton rassurant.

— J'ai hâte, en tout cas, s'exclama Edkar qui avait des fourmis dans les jambes rien qu'à parler de la Mémoria. D'ailleurs, j'y pense, qu'en est-il des troubles dans le pays ?

Le sourire de Cobée s'effaça. Le visage de Ludrik prit une expression soucieuse.

— Pour l'instant, Alecto de Morguehaute semble se tenir tranquille.

— Pourvu que ça dure ! ajouta Cobée avec ferveur.

— J'ai entendu parler d'un Morguehaute dans la Mémoria. Un certain Oudart, je crois. Est-il parent avec cet Alecto qui fait des ravages ?

— En effet, il s'agit d'un de ses ancêtres, répondit Ludrik, dont la mâchoire se contracta.

— En attendant, il ne faudrait pas oublier la réalité. Je crois que tu as négligé tes corvées ces derniers temps, rappela Cobée à Edkar en feignant la sévérité.

Chez ses grands-parents, Edkar devait chaque jour accomplir certaines tâches. Ludrik et Cobée estimaient qu'il devait apprendre à travailler pour acquérir plus d'autonomie. L'une des responsabilités qui lui incombaient était de veiller sur la basse-cour. Il nourrissait les poules, nettoyait leur pondoir et faisait la cueillette des œufs à intervalles réguliers.

Il s'empressa de se rendre au poulailler. Il nourrit les volailles, puis retourna à l'intérieur du bâtiment pour y remplir les abreuvoirs. L'esprit ailleurs, il agissait par automatisme.

Un poussin noir, qui venait de sauter sur le bout de sa chaussure, fit sursauter Edkar. Craignant de lui marcher dessus sans le faire exprès, il essaya de l'envoyer plus loin, mais rien n'y fit. Le petit lui tournait autour des pieds en piaillant. Cela acheva de distraire Edkar du fil de ses pensées.

— Que fais-tu là, toi? dit-il en mettant sa paume ouverte sur le sol.

Le poussin y grimpa sans hésiter et Edkar passa un index prudent sur son dos. Son duvet était plus doux que les aigrettes d'un pissenlit fané. D'un regard circulaire, Edkar nota qu'aucune poule ne cherchait le poussin égaré.

« Il est seul, comme moi », se dit Edkar.

Il y avait maintenant douze ans que ses parents étaient décédés lors d'une épidémie de noire pestilence. Edkar n'avait pas eu la chance de les connaître. La pensée de leur absence lui laissa un goût amer dans la bouche. Il songea à Vink Darkaïd et à Éligia de Londaure. D'une certaine façon, et même s'ils appartenaient à une époque révolue, il se sentait proche d'eux. Vink était orphelin de père et Éligia de mère. Ce lien invisible, forgé à une expérience d'abandon involontaire, les unissait par-delà le temps.

Edkar s'installa sur le sol, allongea ses jambes et s'adossa à une poutre souillée par les déjections de volailles. Ses tympans bourdonnaient. Il avait chaud. Alors qu'une étrange fatigue engourdissait tous ses membres, ses pensées se mirent à tournoyer, hors de son contrôle. Un irrépressible besoin de savoir ce qu'il était advenu de Nanken, de Vink, d'Éligia et d'Idriss le submergea. Un court instant, les rangées de nids et les perchoirs disparurent pour faire place à des fantômes qui couraient à reculons. Puis il entrevit une silhouette de femme, la tête enveloppée d'un foulard, qui marchait dans une forêt...

« On dirait Nanken Darkaïd », se dit-il.

Edkar fit un terrible effort pour reprendre pied dans le présent. Il luttait de toutes ses forces contre le sentiment de vertige qu'il avait déjà éprouvé lors de ses autres voyages à rebours. Cette fois-ci, Ludrik n'était pas là pour le guider. Il avait les mains tremblantes et le cœur qui battait à grands coups. Il échappa le poussin sur le sol.

Puis, Edkar n'eut plus conscience d'être assis dans le poulailler, au milieu des excréments et des salissures. Une souris grise frôla sa jambe et il ne broncha même pas. Il était à des milliers de lieues et à de nombreuses années de sa propre réalité. Il était de retour dans la Mémoria.

\*\*\*

CAMP DES KHELONIMS, ÉTÉ 1033

Nanken avait quitté Vink et Idriss, les laissant au chevet de la Londaurienne blessée par l'aélyon. Elle se dépêchait d'arriver au campement avant que Kûrik ou un de ses hommes ne se plaigne de son absence. Essoufflée, elle se dirigea vers sa tente en se demandant ce qu'elle préparerait au prochain repas. À peine était-elle entrée qu'une voix retentit dans son dos. Une voix qu'elle exécrait.

— Guérisseuse, prépare tes onguents et suis-moi !

Dans l'encadrement de la porte, Kûrik, impatient, bombait le torse pour se donner de l'importance.

— Qu'y a-t-il ?

— Ne pose pas de questions, ça vaudra mieux pour toi, menaça l'émys en guise d'avertissement. Prends tes médecines, tes herbes et je ne sais quoi d'autre. Surtout, ne me fais pas attendre !

Nanken eut la prudence de se taire et tâcha de se dépêcher. Ramassant dans un coin quelques pots, décrochant d'une corde tendue trois bouquets de plantes séchées et glanant quelques fioles minuscules, elle supposa qu'on la réclamait pour soigner des soldats khelônes blessés au combat. Il ne lui restait plus qu'à déchirer le tissu d'une de ses chemises propres en longues bandes qu'elle enroula.

— Je suis prête, dit-elle un instant plus tard, après avoir noué son baluchon.

Kûrik était en sueur, comme à l'accoutumée. En passant près de lui, Nanken fronça le nez : une odeur de peau huileuse macérant dans la crasse venait de lui monter aux narines. Elle essaya de supputer depuis combien de temps il ne s'était pas lavé et cette idée lui donna la nausée. Elle ralentit le pas, restant loin derrière afin d'éviter le plus possible sa puanteur.

En silence, mais en essayant de donner à sa démarche un air martial, Kûrik conduisit Nanken près de deux tentes isolées, installées à une grande distance l'une de l'autre. La plus grande des deux, aux couleurs vert et cuivre du Khel Maï, abritait le quartier général du Grand Tartareüs. Des gonfanons[4] arborant la Tortue Noire, emblème du Khel Maï, avaient été plantés dans le sol et encadraient la porte de bois ouvragé, reconnaissable entre toutes. Le cœur de Nanken se serra : c'était Varold qui avait exécuté cette commande spéciale pour Tartareüs Koubald.

Elle le revit alors qu'il sculptait et peignait la porte destinée au tartareüs. Pendant une semaine, il n'avait pas dormi, travaillant de jour comme de nuit pour finir son œuvre dans les délais prescrits. Il y avait mis tout son cœur et son talent. Une frise de cavaliers galopant sur leurs bakshours ornait le bas de la porte, tandis que dans le haut se profilait la Cité de Luth, capitale du Khel Maï. Au centre, une tortue noire foulait de ses pattes griffues le glaive et la couronne du Londaure.

Cette allégorie avait plu au tartareüs. Les mains croisées dans le dos, il avait examiné avec attention l'œuvre que Varold Darkaïd venait de lui livrer. On le savait capricieux et difficile à contenter, et pourtant, à la surprise des généraux qui l'entouraient, il avait émis un grognement de satisfaction.

— Enfin, voilà de quoi donner une idée plus juste de mon rang et de ma magnificence, avait-il proféré en caressant le bois ciselé. Mes visiteurs seront impressionnés lorsque cette splendeur s'ouvrira pour

---

4. Gonfanon (n. m.) : bannière à pointes utilisée en temps de guerre au Moyen Âge, et que l'on suspendait à une lance.

les laisser entrer. Ils sauront tout de suite à qui ils ont affaire. Quant au roi Arild, il ne verra cette porte que le jour où il me suppliera de lui laisser la vie sauve.

À ces mots, tout l'entourage de Tartareüs Koubald avait ri et applaudi. Des regards pleins d'envie s'étaient posés sur Varold. Toutefois, l'admiration des généraux s'était muée en ricanements sardoniques lorsqu'il fut évident que le Grand Avatar n'avait pas l'intention de récompenser Varold Darkaïd outre mesure.

— Le seul fait de travailler à assurer mon bien-être n'est-il pas déjà un honneur suffisant en soi ? avait susurré Tartareüs Koubald, les yeux mi-clos comme un félin guettant l'humble mulot, lorsque était venu le temps de payer la note.

Varold n'avait pas cherché à argumenter. Personne n'aurait osé contredire le Grand Avatar, même lorsqu'il faisait preuve d'injustice. Varold s'était donc incliné et avait reçu six kzuls, un salaire ridicule pour tous ses efforts. Découragé, il avait contemplé la petite poignée de pièces brunes. Ce montant était insuffisant pour acheter une pelisse de fourrure à chaque membre de la famille, en prévision des froids qui s'annonçaient.

Varold Darkaïd était sorti de la tente du Grand Tartareüs avec les oreilles résonnant des rires et des quolibets dont on l'avait gratifié. Cependant, il n'était pas du genre à s'apitoyer sur son sort, et il s'était aussitôt mis à la recherche de soldats qui, après avoir pillé les villages londauriens, acceptaient de revendre une partie de leur butin aux civils khelônes qui accompagnaient l'armée. Mais ils ne cédaient la marchandise qu'à un prix exorbitant.

Après d'âpres négociations, Varold avait pu se procurer deux pelisses. Quant à lui, il s'en était passé. Voilà pourquoi il avait pris froid à la fin de l'hiver, qui avait été rude.

En repensant à Varold et au peu de cas qu'on avait fait de son talent, les larmes montèrent aux yeux de Nanken. Elle se hâta de les essuyer avec sa manche pendant que Kûrik lui tournait le dos. Elle ne voulait surtout pas se montrer faible devant lui. Elle détourna le regard et marcha en silence pour atteindre la deuxième tente.

De nombreux soldats l'encerclaient. Ils étaient disposés à intervalles réguliers tout autour du dôme et levaient la pointe de leur lance en direction de la toile écrue. Un pareil déploiement d'armes était plutôt étonnant.

Nanken attendait, indécise, que Kûrik lui fasse savoir ce qu'il attendait d'elle. D'un mouvement du menton, il désigna le rabat de feutre qui tenait lieu d'ouverture. D'un mouvement souple, Nanken franchit le seuil de la tente.

À l'intérieur, deux silhouettes étaient étendues sur le sol.

— Voici des prisonniers londauriens, aboya un garde. Tu dois les remettre en état de subir un nouvel interrogatoire.

Nanken regarda de loin les captifs. Bras et jambes écartés, leurs poignets ainsi que leurs chevilles étaient liés par de grosses cordes à des pieux fichés dans la terre. Du sang maculait leurs plaies. Ils avaient été questionnés et torturés.

Elle s'approcha pour déterminer l'ampleur des dégâts. L'un des prisonniers, le plus grand, avait de longs cheveux cendrés. Il ouvrit les yeux au moment où elle s'agenouilla près de lui. Nanken demeura impassible. Elle sentait le regard perçant du soldat khelône posé sur elle. Il guettait le moindre signe de compassion.

En devinant que cela lui plairait, Nanken prit un air dédaigneux pour examiner le prisonnier. Les blessures étaient moins graves qu'elles n'en avaient l'air. Elle nettoya les plaies, les recouvrit de pommade et de feuilles d'ystre pour empêcher qu'elles ne s'infectent. Le garde s'impatientait. Il désapprouvait les soins accordés au captif.

— Ne peux-tu aller plus vite, femme ? grommela-t-il en cachant mal une pointe de colère dans sa voix.

— Je fais tout ce que je peux, répondit-elle avec douceur pour ne pas l'irriter davantage.

Défiant Nanken du regard, le soldat prit un siège et s'y laissa choir. Cela faisait des heures qu'il se tenait debout, mais il n'avait pas le droit de se mettre ainsi à son aise et tous deux le savaient. Nanken, peu désireuse de le provoquer, se garda bien de lui faire des reproches et s'empressa de baisser les yeux.

Satisfait par l'attitude discrète de la jeune femme, le garde posa le regard sur deux écuelles de nourriture. C'était le repas des prisonniers, mais la faim le tenaillait. Il lui sembla inutile de gaspiller cette potée pour des hommes voués à une mort certaine. S'emparant d'un des plats de nourriture, il se détourna pour mieux profiter de l'aubaine.

Profitant du fait que le garde ne les regardait pas, Achikur Lesserlink adressa un pâle sourire à Nanken. Ses lèvres articulèrent sans bruit « merci », en londaurien. Un peu décontenancée, Nanken fit un geste pour signifier qu'elle ne comprenait pas. En réalité, elle connaissait bien la langue parlée au Londaure, mais jugea préférable que les prisonniers, de même que leur geôlier, l'ignorent.

« Il doit être de haute lignée pour être ainsi questionné à l'écart, se dit-elle en posant une compresse fraîche sur le front du blessé. Un proche du roi Arild peut-être... »

Un bruit de succion annonça que le gardien atteignait le fond du premier bol. Délaissant l'homme blond, elle se dépêcha de passer à côté pour examiner le second prisonnier.

Celui-là était bien différent. Des cheveux noirs encadraient son visage sévère au nez busqué, une barbe noircissait son menton, et ses yeux de jais fixés sur elle jetaient des éclairs. La rage et la haine alternaient sur ses traits. De toute évidence, les soins qui lui étaient apportés par Nanken le révoltaient. Il frissonnait de répulsion sous les mains d'une Khelonim. Mais il n'avait la force ni de se débattre ni de l'insulter. Ses blessures étaient plus sérieuses que celles de son compagnon et il était très affaibli.

Nanken Darkaïd pinça les lèvres ; la souffrance humaine, même celle d'un ennemi, lui faisait horreur. Après l'avoir soigné, elle lui fit boire un extrait de plantes qui lui redonnerait force et énergie. Les soldats du tartareüs ne pouvaient soupçonner qu'elle irait aussi loin dans les soins prodigués aux captifs. Mais elle était née guérisseuse, donneuse d'espoir, consolatrice. Sans s'en rendre compte, elle s'était laissé emporter par la pitié et la puissance de son don.

# CHAPITRE XX

*La crainte suit le crime, et c'est son châtiment.*

<small>VOLTAIRE, 1694-1778</small>

Deux jours passèrent et Nanken ne revenait pas. Idriss et Vink avaient suivi ses recommandations à la lettre. La jeune Londaurienne ne faisait plus de fièvre et ses blessures cicatrisaient avec une rapidité surprenante.

— Ta mère est vraiment la meilleure guérisseuse de tout le Khel Maï, ne cessait de répéter Idriss.

Ce jour-là, sa voix puissante avait réveillé Éligia, qui avait somnolé toute la matinée. L'estomac de la princesse gargouilla. Elle avait faim. Idriss lui fit signe d'attendre un peu.

— Je vais te donner à manger, ce ne sera pas long, dit-il en mettant un bouillon clair à chauffer sur le feu.

Bientôt, un frémissement agita la surface du chaudron. Idriss versa une petite quantité du liquide brûlant dans un bol.

— C'est chaud, déclara-t-il en londaurien, regarde comme ça fume !

Éligia posa les yeux sur le bol. Le Mentor fut soulagé de constater qu'elle avait entendu. Vink lui avait mentionné qu'elle semblait muette; au moins elle n'était pas sourde.

— Maître, je crois que je devrais aller me montrer au camp à mon tour, suggéra Vink pendant qu'Idriss trempait un bout de pain dans le bouillon. Une trop longue absence risque d'attirer l'attention. Qu'en pensez-vous?

— Tu as raison. Lorsque tu reviendras, ce sera à mon tour de faire acte de présence auprès du tartareüs. Et dis à ta mère de ne pas s'inquiéter: tout va bien.

En effet, Éligia mangeait déjà la mie de pain humectée qu'Idriss portait à sa bouche. Vink s'empara de deux gourdes vides qu'il accrocha à son ceinturon. Il prévoyait les remplir sur le chemin du retour dans un ruisseau non loin de la grotte.

— Je ne serai pas long, promit Vink en partant.

\*\*\*

Il ne trouva personne dans la tente qu'il partageait avec sa mère. Par contre, les environs grouillaient d'activité. Des soldats rapportaient à leurs femmes des objets glanés lors du pillage de Magnus Chastel. D'autres conduisaient des groupes de prisonniers vers des enclos entourés de palissades, en attendant que l'on décide de leur sort. On entendait des cris, des sanglots. Les rares survivants de la forteresse marchaient péniblement, les yeux éteints comme des coquilles vidées de leur substance. Vink s'éloigna à grands pas dans la direction opposée car il lui tardait de revoir Nanken. Il passa devant des monceaux de cadavres que les Khelonims avaient empilés. Il y avait même des enfants. L'impact d'une telle atrocité découragerait toute tentative de rébellion chez les vaincus. Vink, les larmes aux yeux, réprima un haut-le-cœur. Il ne comprenait pas que l'on ait tué tous ces petits.

Il se rappela une phrase que Varold, son père, avait chuchotée à Nanken en parlant du tartareüs :

« Koubald est un fourbe qui justifiera sa férocité sous le couvert de la prédiction. Idriss n'a pas fini d'en payer le prix. »

Ce jour-là, lorsque Varold s'était rendu compte que Vink écoutait, il lui avait fait jurer de ne jamais répéter à personne ce qu'il avait entendu.

— Je pourrais être condamné à mort pour avoir tenu de tels propos, avait-il expliqué.

Vink avait gardé le secret, l'enfouissant au plus profond de son esprit, et c'est seulement maintenant que ce souvenir lui était revenu. Il se secoua, tâchant d'oublier ce qu'il venait de voir. Il n'y avait rien d'autre à faire.

Il chercha la silhouette svelte de Nanken. Passant près d'une tente, il faillit être renversé par une

Khelonim qui en ressortait avec des cris de joie. Elle brandissait un vase d'argent que son mari lui avait rapporté de Magnus Chastel. Le moment était idéal pour obtenir des informations. Cette femme comblée serait d'humeur serviable. Il s'approcha pendant qu'elle contemplait le beau cadeau qu'on venait de lui offrir.

— Excusez-moi, fammariée, savez-vous où se trouvent les blessés ? s'enquit Vink d'un ton poli.

Impatiente d'aller mettre son vase sous le nez de ses voisines moins chanceuses, elle s'empressa de le renseigner.

— Tout droit jusqu'à la fourche, ensuite à gauche.

Ce n'était pas trop loin et il trouva facilement l'emplacement qu'elle lui avait indiqué. Plusieurs centaines de blessés étaient alignés sur un vaste terrain déboisé. Des bâches immenses les protégeaient du soleil brûlant. Des guérisseurs, hommes et femmes, allaient et venaient entre les rangées. Fourbus, ils travaillaient néanmoins sans relâche. De longues filées de soldats transportant des brancards continuaient d'affluer. On aurait dit des colonnes de fourmis bien disciplinées. Vink longea les rangées d'invalides, cherchant sa mère parmi les soignants. Là encore, nulle trace de Nanken Darkaïd.

C'est alors qu'il repéra une silhouette familière qui déambulait entre les brancards. Il reconnut Kûrik à sa façon de remonter son ceinturon sur son ventre rebondi. Il semblait d'humeur compatissante et s'accroupissait à tout bout de champ à côté des blessés, comme pour leur chuchoter des mots d'encouragement. Surpris par cet étalage de sollicitude, Vink l'observa pendant un instant. Le manège de Kûrik lui fit suspecter quelque chose de louche. Tout en jetant des regards furtifs aux alentours, l'officier tâtait la besace de chacun des malades qu'il visitait. Lorsque le contenu du sac semblait prometteur, il y plongeait une main avide. Ainsi, Vink le vit empocher un couteau à manche nacré tiré de la première besace. Un peu plus loin, il subtilisa un miroir, puis un gobelet d'argent passa en sa possession. Il alla ensuite s'asseoir près d'un quatrième soldat. Celui-ci était très mal en point. Ce fut un jeu d'enfant pour Kûrik, qui lui tapotait la main, de faire glisser un anneau que le soldat portait au doigt et de l'enfiler sur son propre annulaire.

— Hem! Hem! fit Vink derrière Kûrik, qui sursauta.

— Ah, c'est toi, vaurien! s'écria Kûrik dont le visage tourna au rouge violacé. Depuis quand es-tu là à m'espionner?

— Depuis assez longtemps pour savoir que vous réunissez une belle collection d'objets qui ne vous appartiennent pas!

— Qu'un ulcère te ronge la bouche, menteur! siffla Kûrik en baissant le ton, de crainte d'attirer l'attention sur eux.

— Je ne vous dénoncerai pas si vous me dites où est ma mère, chuchota Vink à son tour. Je ne la trouve nulle part.

— Sale morveux, tu te crois assez malin pour faire du chantage ?

— Oh, vous savez, moi, je disais ça comme ça, dit Vink, hypocrite, en parlant de plus en plus fort. Après tout, d'où j'étais, on ne voit pas très bien. J'ai pu me tromper... Mais vous avez de si jolies choses dans votre besace. Peut-être pourrions-nous les montrer à vos supérieurs ?

Kûrik était coincé. La rage au cœur, il n'eut d'autre choix que de se plier aux conditions que Vink lui imposait.

— Tout ce que je peux te dire, c'est que ta mère est ici au camp, et que ses services de guérisseuse ont été réquisitionnés. C'est un grand honneur qui lui a été fait, mais tant que sa mission n'est pas terminée, personne ne peut la contacter. Pas même toi.

Vink, habitué à la discipline khelône, accepta la situation sans rouspéter. C'était un contretemps malheureux, mais il était soulagé. Nanken se trouvait au camp, elle n'était ni malade ni en danger, et il la reverrait bientôt.

— Pouvez-vous au moins lui faire savoir que je vais bien ? demanda Vink, en prenant la précaution d'ajouter :

— Bien entendu, si j'apprenais que le message ne s'est pas rendu à destination, je me verrais contraint de révéler ce que je sais à votre sujet. Je ne crois pas que le tartareüs serait content d'apprendre qu'un de ses lieutenants détrousse de valeureux soldats tombés au combat.

— Je transmettrai ton message à la guérisseuse. Maintenant, va-t'en, je t'ai assez vu pour aujourd'hui ! grinça Kûrik, furieux d'avoir été manipulé.

# CHAPITRE XXI

*On finit toujours par ressembler à ses ennemis.*

JORGE LUIS BORGES, 1899-1986

Satisfait, Vink retourna auprès d'Idriss, en changeant plusieurs fois de direction de crainte d'être suivi. Dans le ruisseau qui coulait non loin de la caverne, il emplit les gourdes, s'arrêtant à plusieurs reprises pour tendre l'oreille. Mais il n'entendit aucun bruit suspect, rien d'autre que le chant des oiseaux et le bruissement du vent dans les arbres. Rassuré, il se dirigeait vers la grotte quand un blatèrement le fit se retourner. Buridan, le bakshour d'Idriss, était attaché à un arbre non loin de là. Vink s'empressa d'aller lui donner de l'eau et vida la moitié d'une gourde dans l'auge de l'animal. Buridan but longuement, sa longue crinière blonde cascadant de l'encolure aux genoux. Lorsqu'il eut fini de s'abreuver, Vink lui caressa le menton. L'animal avait l'expression tantôt placide, tantôt dédaigneuse de son espèce, ce qui ne l'empêcha pas de frotter sa grosse tête sur l'épaule de Vink.

— Attends, Buridan, souffla Vink, la bouche pleine de poils blonds, je dois y aller maintenant, mais je reviendrai.

L'animal plia un genou, baissa la tête et gratta le sol. Vink approcha un tronc d'arbre fendu. Il s'en servit comme d'une auge et y déposa une grosse botte d'herbes fraîches dont la bête raffolait. Puis il entra dans la grotte.

Éligia était assise sur la pierre, immobile. Idriss lui parlait tout bas. Lorsque Vink s'approcha d'eux, elle le montra du doigt avec un air interrogateur.

— Il s'appelle Vink Darkaïd, dit Idriss.

La fille baissa la tête, puis croisa les mains sur son cœur avant de les rouvrir aussitôt en direction de Vink.

— Elle te salue à sa façon, expliqua le Mentor, mais je lui ai déjà enseigné une trentaine de mots de notre langue. Regarde!

Idriss, s'adressant à Éligia, fit la démonstration de ses nouvelles connaissances.

— Où est le jaffeur? questionna-t-il en langue khelône.

Elle désigna Kazmo qui battit de la queue.

— Où est Idriss?

Elle pointa le Mentor de son index.

— Où est le feu?

Elle tendit la main vers les flammes qui dansaient sur le sol, entourées de leur cercle de pierres chaudes.

— Elle apprend vite, et elle peut même marcher à présent. Pas longtemps bien sûr, ajouta Idriss, mais assez pour que nous retournions au camp à la tombée de la nuit. Nous la cacherons dans ma tente. Personne n'y entre jamais sans mon consentement. Cependant, au cas où nous serions découverts, dit-il sur un ton beaucoup plus sérieux, nous devons nous entendre sur une même version à raconter. Nous pourrions dire qu'il s'agit du fils d'un soldat mort au combat et que sa mère est décédée pendant la traversée de l'Irgul Zom. Il semblera tout naturel que nous nous occupions de cet orphelin jusqu'au retour au Khel Maï. Ça ira?

Vink opina de la tête. Le récit pourrait tenir la route. D'abord, cette Londaurienne était très menue. Déguisée en garçon, elle avait l'air plus jeune que lorsqu'il l'avait sauvée d'une mort certaine. Ensuite, il y avait beaucoup de familles qui avaient suivi l'armée pendant le long périple du Khel Maï jusqu'au Londaure. De nombreuses femmes avaient péri de faim, de froid ou de maladie, tellement les conditions du voyage avaient été rudes. Lui-même avait souffert pendant la traversée des montagnes, mais ses parents, aidés par Idriss, l'avaient protégé. Il était donc arrivé sain et sauf au Londaure. Tous les autres n'avaient pas eu sa chance.

Ils soupèrent d'un frugal repas. Ensuite Idriss lava les bols de bois, puis les déposa à la renverse près du feu pour qu'ils sèchent.

Le soleil se couchait, ses dernières lueurs éclairaient l'horizon bleuté. Il serait bientôt temps de retourner au camp. Idriss demanda à Vink de l'aider à rassembler leurs effets personnels. Puis le Mentor fit quelques allers et retours pour charger les maigres bagages sur Buridan.

Quand tout fut prêt, Idriss se dirigea vers Éligia. Vink l'avait installée tout contre l'épaisse toison de Kazmo, pour qu'elle puisse s'y blottir en attendant le départ.

Idriss mit sa cape sur les épaules de la Londaurienne et la souleva dans ses bras. Dehors, le bakshour attendait dans l'air frais du soir.

— Monte sur Buridan, ordonna Idriss à Vink.

Lorsqu'il fut en selle, Idriss installa la fille devant Vink et celui-ci lui entoura la taille de ses bras. Ils partirent ainsi, au pas. Idriss marchait à côté de Buridan dont il tenait les rênes, le jaffeur fermait le cortège. Une à une, les étoiles piquaient la nuit de leurs dards argentés. Le vent du jour était tombé. L'air immobile n'était troublé que par le bruit sourd des sabots de Buridan contre le sol et le va-et-vient de quelques noctules affamées, virevoltant au-dessus de leurs têtes à la recherche d'insectes.

Ce fut Idriss qui rompit le silence.

— Il faut lui donner un nom khelône, dit-il en parlant de leur protégée. Un prénom masculin. As-tu une idée, Vink? Après tout, c'est à toi qu'elle doit la vie; il te revient de décider de quelle façon nous l'appellerons.

Vink n'eut pas besoin de réfléchir longtemps. Il songea aux longues boucles blondes qu'il avait jetées au feu. Elles ressemblaient aux graminées en épis bordant les jardins de la Cité de Luth, la capitale du Khel Maï.

— Ostap! déclara-t-il tout à coup.

— Oui, c'est bien. Cela signifie « chargé de beaux épis ». Mais qu'est-ce qui t'a fait penser à ce prénom, Vink?

— Ses cheveux avant que ma mère les coupe.

Ni Vink ni Idriss ne se doutèrent qu'ils emmenaient avec eux la fille du roi Arild de Londaure. Quant à Éligia, elle décida de mettre son passé en veilleuse. Persuadée que son père était mort ainsi que tous ceux qu'elle aimait, elle estima que sa seule chance de survie dans un monde placé sous la coupe de Tartareüs Koubald était d'oublier qu'elle était une princesse londaurienne. Dorénavant, elle calquerait ses gestes sur ceux de Vink. Elle se ferait toute petite et le moins dérangeante possible, dans l'espoir que ses sauveurs ne se lassent pas de sa présence et ne la rejettent pas.

Pour cette fille qui s'appelait dorénavant Ostap et qui devait se faire passer pour un garçon, seuls comptaient ses nouveaux protecteurs: Vink, Nanken et Idriss le Mentor.

# CHAPITRE XXII

*De l'audace, de l'audace, en toute occasion, de l'audace.*

EDMUND SPENSER, 1552-1599

Nanken retournait à la tente des prisonniers deux
fois par jour. Chaque matin, elle les retrouvait plus
mal en point que la veille. Le supplice s'intensifiait
devant leur silence obstiné. Les soulager devenait
donc de plus en plus ardu. Nanken se sentait prise à
l'intérieur d'un cercle vicieux, prolongeant la vie des
captifs pour mieux les livrer aux souffrances que les
soldats leur infligeraient quelques heures plus tard.

Ce jour-là, Kûrik attendait que Nanken ait fini
de rassembler ses herbes et ses potions. Il buvait
de l'eau-des-dieux, fortement alcoolisée, à même le
goulot d'une bouteille ventrue, en racontant pour
la dixième fois ses prouesses au combat. Nanken
écoutait ses fabulations d'une oreille distraite pendant qu'elle réduisait en poudre, dans un mortier,
des feuilles d'andhorre séchées. À entendre Kûrik,
Magnus Chastel avait été conquise grâce à lui et à ses
hommes.

Nanken avait des doutes quant à sa participation à l'assaut de la citadelle. Rester à l'écart de tout danger était beaucoup plus son genre. Mais pour le mettre de bonne humeur, elle approuva ses dires et le complimenta sur sa bravoure.

— Tu comprends, Nanken, tel que tu me vois, j'ai beau ne pas faire partie du corps d'élite de notre Grand Tartareüs, je n'en suis pas moins un lieutenant très considéré. C'est pour cela qu'on m'a chargé, et moi seul, de trouver la meilleure guérisseuse en place pour s'occuper des prisonniers, dit-il entre deux hoquets.

Nanken transféra la poudre d'andhorre dans un pot en l'observant du coin de l'œil. Il était de plus en plus saoul et enclin aux confidences, circonstance parfaite pour poser des questions.

— Qui sont ces hommes que je dois soigner?

Kûrik mit un index boudiné devant ses lèvres charnues.

— Chhhhhh! on pourrait t'entendre, femme!

Nanken se pencha vers lui avec une moue de dépit.

— Au fond, si tu ne dis rien, c'est peut-être parce que tu ignores toi-même leur identité, soupira-t-elle en baissant la voix.

Le stratagème fonctionna, Kûrik gonfla le torse.

— Le blondin, c'est Achikur Lesserlink, l'avisor du roi Arild.

— Ah... Et l'autre?

— Rumfred de Raefen, chef de la Maison des Oiseleurs.

L'information était de taille. Nanken prit un moment pour l'assimiler. Ses pensées défilaient, son cœur battait la chamade. Il y avait longtemps, ces mêmes noms avaient été prononcés par son père. Des souvenirs surgirent de quelque recoin de son esprit, où elle les avait enfouis pendant des années afin de ne pas trop souffrir.

Kûrik s'endormit. Ses ronflements sonores sortirent Nanken de sa rêverie. Elle rassembla ses affaires et sortit, laissant l'homme ivre affalé sur la table.

***

Nanken alla droit à la tente des prisonniers. En approchant, elle constata que l'endroit semblait en proie à la plus grande agitation. Des soldats couraient dans tous les sens.

— De l'eau! cria un garde.

— Des seaux! vociféra un autre.

Elle fut bousculée avec force par des hommes qui ne l'avaient pas vue.

— Ôte-toi de notre chemin, femme! aboya l'un d'eux.

Nanken s'empressa d'obéir, mais continua d'avancer dès que la voie fut libre. En approchant, elle comprit la cause de toute cette commotion. La partie arrière de la tente des prisonniers était la proie des flammes. Le feu léchait la toile et s'en nourrissait avec appétit. Elle accéléra le pas pour porter secours aux Londauriens. Un garde sortit de la tente alors qu'elle allait entrer. Ils étaient tous deux enveloppés d'une épaisse fumée noire.

— Il y a des hommes à l'intérieur, les avertit Nanken, il faut les sortir de là avant qu'ils ne soient brûlés vifs !

— Je m'en occupe. Hé toi, ordonna le garde à un jeune soldat qui arrivait avec un seau plein à ras bord, viens ici !

Le vent repoussa les volutes émanant du brasier et Nanken vit le visage de l'homme qui lui faisait face. Sidérée, elle reconnut le regard gris, d'une intensité à nulle autre pareille, d'Achikur Lesserlink ! Il était déguisé en soldat du tartareüs. Avant qu'elle ne puisse prévenir le porteur d'eau, il la poussa dans la tente. Elle atterrit aux pieds de Rumfred de Raefen qui lui plaça un couteau sous le nez :

— Ne faites aucun bruit !

Pendant ce temps, Achikur avait attiré le jeune soldat à l'intérieur. En voyant la fâcheuse position de Nanken, ce dernier comprit qu'il était tombé dans un piège. Une lutte s'engagea entre Achikur Lesserlink et lui. Le combat fut court. Le Khelonim manquait d'expérience et le Londaurien savait ce qu'il faisait.

Vainqueur, Achikur dépouilla son adversaire de ses vêtements et les donna à Rumfred de Raefen, qui s'empressa de les enfiler. Les deux prisonniers enfournèrent leur longue chevelure dans leurs casques. De loin, ils pouvaient passer pour des soldats de l'armée de Tartareüs Koubald.

— Debout, vous venez avec nous! dit Rumfred de Raefen à Nanken.

Il prononçait la langue khelône avec un accent affreux qui aurait fait sourire Nanken en d'autres circonstances.

— Pour aller où? demanda-t-elle, affolée à l'idée d'être séparée de Vink.

— Vous nous accompagnerez pour continuer de donner vos soins à Rumfred, qui est bien plus mal en point que moi, répondit Achikur Lesserlink. De plus, vous allez nous mener à l'enclos de bakshours le plus près d'ici, sans alerter personne si vous voulez rester en vie.

Elle le regarda d'un air défiant. Cet homme ne lui donnait pas l'impression d'être cruel. Mais il s'empressa de lui ôter tout espoir.

— Je ne vous veux aucun mal. Vous nous avez soignés et nous vous sommes redevables en un sens, mais je vais être clair : au moindre mouvement suspect, au moindre mot qui pourrait attirer l'attention sur nous, je n'hésiterai pas à vous tuer. Et si vous refusez de nous suivre, je serai dans l'obligation de me débarrasser d'un témoin gênant. Donc, ou vous nous accompagnez, ou vous ne sortez pas d'ici vivante. Il n'y a pas d'autre choix.

La froide détermination de son regard ne laissait planer aucun doute.

— Il faut partir ! lâcha Rumfred de Raefen en désignant d'un geste circulaire les flammes qui gagnaient du terrain, sans compter la fumée qui menaçait de les suffoquer à tout instant.

Il n'y avait pas à tergiverser, il fallait agir. Nanken se rua vers un point situé entre l'ouverture de feutre et le brasier.

— Faites une brèche ici !

Achikur fut le premier à réagir. D'un coup de sabre, il pourfendit la toile de la tente à l'endroit indiqué et se faufila à l'extérieur. Nanken le suivit, le coutelas de Rumfred de Raefen appuyé entre ses omoplates.

Ils se retrouvèrent du côté opposé au va-et-vient des soldats. Grâce au rideau de fumée qui enveloppait la tente et ses alentours, ils purent s'enfoncer derrière d'épais buissons, puis plus profondément entre les arbres sans se faire remarquer. Nanken ne chercha pas à fuir ou à appeler, car elle savait que Rumfred de Raefen n'hésiterait pas à la tuer si elle mettait leur évasion en péril.

Tous trois longeaient le boisé en un grand demi-cercle, à la limite du camp. À quelques reprises, ils craignirent d'être repérés et s'accroupirent sans bruit, mais aucune alerte ne fut donnée et ils purent continuer. Quelques mètres plus loin, Nanken blêmit. Elle venait de reconnaître le sentier qui menait non loin de la grotte où attendaient Vink et Idriss. Rumfred de Raefen s'impatienta et pressa la lame contre son dos. Elle se remit à marcher en se promettant de leur fausser compagnie à la première occasion.

En attendant, ils étaient arrivés devant l'enclos des bakshours, qui mâchaient paisiblement l'herbe tendre, si différente de leur régime habituel de foin et de buissons épineux. Tous les bakshours possédaient une lèvre supérieure fendue au centre qui leur permettait d'arracher les épines les plus acérées sans se blesser. Cependant, ruminer la verdure londaurienne, si parfumée et douce à la langue, était un plaisir dont ils ne se lassaient pas.

Achikur guettait les alentours. Personne ne surveillait les bêtes. Il en déduisit que le garde en faction avait déserté son poste pour aider à combattre l'incendie. Profitant de l'occasion, Achikur ouvrit la barrière et s'avança vers les destriers. Ils levèrent la tête à son approche, mais ne bronchèrent pas. Les baskshours reconnaissaient l'odeur épicée si familière des Khelonims. Elle se dégageait des armures et des vêtements portés par les Londauriens. Achikur saisit une selle et harnacha l'une des montures.

Nanken fut ensuite forcée de se hisser sur le bakshour; Rumfred monta derrière elle. Elle eut un mouvement de répulsion lorsqu'il lui enserra la taille, une main tenant les rênes et l'autre pointant le couteau vers son ventre, pour changer. De son côté, Achikur sélectionna deux montures. Il enfourcha l'une d'elles et tint l'autre par son licou. Il avait aussi trouvé un rouleau de corde, qu'il accrocha au pommeau de la selle.

— Yaaaaa! YAAaaaaa! hurla Achikur Lesserlink.

Effrayés par ces cris sauvages, tous les bakshours s'éparpillèrent dans le camp et les bois aux alentours.

« Les Khelonims en auront pour quelque temps à les rassembler », se dit Achikur avec satisfaction. Puis il donna des éperons et Rumfred suivit son exemple. Ils galopèrent à bride abattue dans la forêt en emportant Nanken Darkaïd, désespérée, toujours plus loin de Vink.

# CHAPITRE XXIII

*De leurs ennemis, les sages apprennent bien des choses.*
ARISTOPHANE, 450-386 AV. J.-C.

Ils avaient galopé tout le reste de la journée. Achikur, qui connaissait la région sur le bout des doigts, menait l'équipée. Personne ne les avait poursuivis ; on les croyait sans doute morts dans la tente incendiée. À présent, il avait ralenti l'allure car la brunante tombait. Il faudrait bientôt trouver un endroit où dormir.

Nanken n'avait soufflé mot pendant la chevauchée. Tendue, elle guettait le langage corporel de Rumfred de Raefen, toujours assis derrière elle. Il était si affaibli par ses nombreuses blessures qu'il chancelait depuis un moment. En profitant de son incapacité à se maintenir en selle, Nanken avait peut-être une chance de se sauver. Patiente, elle n'attendait que l'instant propice pour le jeter en bas du bakshour.

Soudain, le Londaurien faillit tomber et Nanken en profita pour saisir les rênes. Rumfred dut s'agripper à la taille de la jeune femme, mais il la serra si fort qu'elle poussa un cri. L'occasion de prendre le contrôle du bakshour venait d'échapper à la captive. Achikur Lesserlink, faisant volte-face, arriva à sa hauteur et lui retira la bride des mains.

— Bien essayé, guérisseuse ! Bon, pour ne pas vous tenter davantage, nous allons nous arrêter ici pour la nuit.

Nanken serra les dents. Il lui riait au nez. Toute la sympathie qu'elle avait pu ressentir pour lui ces derniers jours s'évapora comme rosée au soleil. Il était un adversaire lui aussi, il ne fallait pas l'oublier. Achikur la fit descendre de cavalyre et la conduisit sans ménagement vers un gros arbre non loin. Il fixa un bout de la corde au tronc de l'arbre et noua l'autre à la cheville de Nanken avec des nœuds doubles et triples. Elle comprit qu'elle serait incapable de les défaire.

— Voilà, vous avez assez de jeu pour vous déplacer, mais vous ne risquez pas de vous enfuir. Je tiens à ce que vous soyez des nôtres encore quelque temps. Et maintenant, reprit-il en aidant Rumfred de Raefen à mettre pied à terre, il vous faut gagner votre nourriture. Pendant que je prépare le feu, vous vous occuperez de Rumfred. Il a besoin de soins pressants.

— Comme vous voudrez, dit-elle.

— J'en suis heureux, répondit-il d'une voix qui avait perdu toute inflexion menaçante, car vous m'êtes sympathique. Je n'ai pas oublié votre gentillesse lorsque nous étions les... hôtes de votre tartareüs.

Elle nota l'ironie de ces derniers mots. Avant qu'elle ait eu le temps de répondre, il ajouta dans un murmure, et comme malgré lui :

— Tous les jours, j'attendais votre venue avec impatience. C'est peut-être ce qui m'a permis de survivre...

Troublée, elle fit comme si elle n'avait pas entendu et s'agenouilla près du blessé. Achikur Lesserlink, quant à lui, partit s'occuper des bakshours avant de faire le feu.

\*\*\*

La nuit avait été courte, pourtant ils repartirent aux toutes premières lueurs de l'aube. Achikur avait pris ses précautions et installé Nanken à l'avant de sa propre monture. Il y avait beaucoup moins de risque qu'elle tente de s'évader avec lui. Quant à Rumfred de Raefen, il avait peu dormi. Les traits tirés, grimaçant de douleur lorsque son bakshour devait s'élancer au-dessus d'un obstacle, il réussissait néanmoins à se maintenir en selle. Nanken avait refait les bandages recouvrant ses plaies et aucune infection ne s'était déclarée, ce qui était miraculeux dans les conditions d'hygiène quasi inexistantes de leur voyage.

Ils franchirent ainsi plusieurs lieues. Le ciel plein bleu annonçait une journée chaude. Au bout d'un certain temps, Achikur Lesserlink déclara qu'ils devraient s'arrêter pour laisser les bêtes se reposer. À son signal, ils mirent pied à terre dans une clairière ensoleillée où l'herbe était tendre sous leurs pas. Comme la veille, Achikur attacha la cheville de Nanken et fixa l'autre extrémité de la corde à un arbre. Puis il alla remplir les gourdes à un ruisseau qu'il avait repéré non loin.

Nanken était fourbue. Elle s'étendit dans l'herbe après avoir retiré ses sandales de cuir. Frottant la plante de ses pieds sur le gazon émeraude, elle ne put s'empêcher d'apprécier la beauté des lieux malgré sa captivité. Autour d'eux, le soleil dardait des javelots de lumière sur des buissons couverts de fleurs roses. Les oiseaux gazouillaient à qui mieux mieux. Des papilulles[5] se poursuivaient en l'effleurant de leur douzaine d'ailes effilées, aussi transparentes que de la vapeur d'eau.

Les yeux mi-clos, Rumfred de Raefen, assis sur le sol et adossé à un arbre, goûtait ce repos dont il avait bien besoin. Son visage déjà anguleux s'émaciait de plus en plus. La repousse d'une forte barbe noircissait son menton.

À son retour, Achikur lui tendit une gourde. Rumfred but de longues rasades, puis se laissa aller contre le tronc avec un douloureux gémissement. Achikur lui jetait des

---

5. Papillule : mi-papillon, mi-libellule ayant douze ailes et un corps long de 15 cm environ se terminant en deux extrémités.

regards soucieux. Nanken comprit que c'était sans doute dans l'intérêt de Rumfred si Achikur avait jugé la halte nécessaire. Ils restèrent ainsi dans le calme.

Tout à coup, Rumfred se redressa. Il semblait aux aguets, les yeux levés au ciel.

— Qu'y a-t-il? s'enquit Achikur.

— Cessez de vous moquer, Lesserlink. Écoutez plutôt!

Achikur et Nanken prêtèrent l'oreille. Aucun bruit particulier ne retint leur attention.

— Désolé, mon vieux, je n'entends rien, déclara Achikur d'un ton insouciant.

— Justement, c'est ce silence qui m'inquiète. Ne réalisez-vous pas que les oiseaux se sont tus?

Rumfred disait vrai: le silence, oppressant, avait quelque chose d'anormal. Une nuée d'oiseaux s'envola. Par comparaison avec la tranquillité précédente, ce bruissement de milliers d'ailes parut assourdissant. Les montures qui paissaient à l'écart sous le couvert des arbres en frémirent de nervosité.

Anxieux, crispés par l'attente, les fuyards finirent par discerner un faible murmure venant de loin. De minute en minute, le bruit augmenta pour devenir un grondement sourd qui s'amplifiait toujours plus. Les bakshours aux aguets redressèrent la tête, et le plus petit des trois blatéra sur un ton plaintif. Enfin, la terre sous leurs pieds se mit à vibrer et la clairière résonna du martèlement de centaines de sabots contre le sol.

Des animaux surgirent de nulle part. Éperonnés par la peur, ils allaient droit devant eux en une charge aveugle.

— Écartez-vous ! cria Achikur en poussant Nanken de côté, juste à temps pour éviter qu'elle ne soit piétinée à mort par les bêtes lancées au galop. Rumfred, le plus éloigné du passage de la horde, n'avait eu qu'à se mettre à couvert derrière le gros tronc d'arbre sur lequel il s'était appuyé un peu plus tôt. Des dizaines de pixims, autant de skoyatts, des familles entières de portelances, plusieurs taurées, quelques ürs et une trentaine de frecs, les yeux exorbités et l'écume au coin des babines, passèrent en flèche. Ils disparurent dans l'épaisseur de la forêt sans même remarquer la présence des humains à proximité.

Achikur s'était jeté sur Nanken pour la protéger de la ruée. Elle était tombée sur le dos, et la violence de la chute lui avait, pendant quelques secondes, coupé la respiration. Achikur la fit asseoir, le temps qu'elle inspire plusieurs bouffées d'air. Peu à peu son visage reprit une couleur normale. Lorsqu'il fut certain qu'elle se sentait mieux, Achikur l'aida à se remettre sur pied avec un air contrit.

— Mais... que s'est-il passé ? balbutia Nanken, encore étourdie.

Une clameur explosa non loin. C'était une sorte de rugissement — ou un hurlement de rage — qui les pétrifia d'angoisse. Des bruits de pas et de branches lourdement écrasées se rapprochaient. Les destriers khelônes, qui flairaient le vent depuis quelque temps, détalèrent à leur tour.

— Les bakshours se sauvent! tonna Achikur Lesserlink en se précipitant à la poursuite des bêtes affolées.

Il fallait les rattraper. Ils ne pouvaient aller bien loin sans montures, avec Rumfred blessé et un prédateur aux trousses.

Un grouinement strident retentit non loin. Le cri d'une proie à l'agonie. Plus aucun doute n'était permis : une créature dangereuse chassait dans les parages, tout près de la clairière. Par mesure de précaution, Rumfred de Raefen sortit le sabre du fourreau qui pendait à son armure khelône. Il se tint prêt, au cas où l'ennemi se montrerait. Nanken courut vers lui.

— Détachez-moi, messire, et donnez-moi le coutelas qui est à votre ceinture. Je veux pouvoir défendre ma vie et vous aider à combattre !

Rumfred de Raefen lui décocha un regard teinté d'incrédulité.

— Me prenez-vous pour un imbécile, guérisseuse ? fit-il avec une moue de mépris.

Nanken sentit la colère l'envahir. Elle dut faire un effort terrible pour se dominer et chercha le meilleur moyen de faire comprendre à cet entêté qu'elle n'avait pas de mauvaises intentions.

— Écoutez, je comprends votre méfiance, mais Achikur étant parti pour retrouver nos montures, il faut se rendre à l'évidence : nous ne sommes que deux et vous êtes blessé. Notre seule chance est d'unir nos forces pour affronter le danger et...

Le reste de sa phrase se perdit dans un grand cri de terreur. Un djarb, une des créatures les plus féroces des Terres Continues, tous royaumes confondus, venait d'apparaître. Il avait une tête de lion sur un torse humanoïde, et se déplaçait sur deux pattes d'aurochs disproportionnées. Sa bouche s'ouvrait sur plusieurs rangées de dents effilées comme autant de poignards. Tout en s'efforçant de rester calme, Nanken nota que la longue crinière du monstre avait blanchi et que son dos était voûté.

« Il est âgé, se dit-elle. Sa peau est flétrie, mais il est encore musclé, il ne faut donc pas le sous-estimer ! » À ses côtés, Rumfred cherchait lui aussi le moindre point faible dont il pourrait tirer avantage lors de l'affrontement.

De l'autre côté de la clairière, le djarb tournait sa tête léonine en reniflant la délectable odeur des humains qui l'avait attiré jusque-là. Leur parfum était exquis, surtout celui de la femme. Un savoureux repas en perspective !

Cependant, il ne passa pas tout de suite à l'attaque. Faisant jouer ses muscles, il observa les alentours. Beaucoup de djarbs étaient disparus aux mains de ces humains qui inventaient sans cesse de nouvelles façons de les combattre. Mais il se rassura bien vite. Ne flairant pas de piège, il chargea en poussant un effroyable hurlement.

Son cri glaça le sang de Nanken, épouvantée. Elle recula derrière un tronc d'arbre assez large pour la masquer, pendant que le djarb s'élançait vers Rumfred. Celui-ci ne broncha pas.

— Messire, attention! cria Nanken.

Rumfred semblait de marbre. Mais à la dernière seconde, alors qu'il sentait le souffle du monstre lui effleurer le visage, il leva son sabre et taillada le djarb au ventre avant de plonger de côté. La vue de son propre sang excita la créature d'une rage mortelle. Elle essaya d'attraper Rumfred par une jambe. Ce dernier lui glissa entre les doigts, mais les griffes acérées du djarb lui avaient lacéré le mollet.

— Messire! Votre couteau, votre arc! Donnez-moi une arme, n'importe laquelle, que je puisse vous aider! implora Nanken.

Rumfred de Raefen balançait entre son aversion pour Nanken et le péril plus imminent que représentait le djarb. Mais il ne pouvait tergiverser longtemps, déjà le djarb se préparait à une nouvelle attaque.

— Faites quelque chose! rugit Nanken, exaspérée par son attitude.

Rumfred se décida enfin. Voyant cela, elle courut dans sa direction. Par malheur, la corde se prit dans les branches d'un tronc affalé sur le sol ; elle ne put aller plus loin et resta coincée à mi-chemin. À présent, elle était à découvert, sans défense. Le djarb eut une sorte de gloussement de triomphe, tandis qu'elle tirait de toutes ses forces sur la corde pour la déprendre. La panique envahissait Nanken, ses doigts n'obéissaient plus. Les pulsations de son cœur résonnaient comme un tambour de guerre. Rumfred continuait cependant sa progression vers elle. Le djarb tenta de lui couper le chemin, mais il ne fut pas assez rapide. Malgré la douleur, qui en aurait terrassé plus d'un, Rumfred de Raefen était parvenu à contourner l'obstacle. Levant le sabre au-dessus de sa tête, il l'abattit avec tant de force qu'il trancha l'épais cordage d'un seul coup. Sans faire ni une ni deux, Nanken bondit et détala avec la grâce d'un jeune frec en tentant de s'éloigner des combattants.

« J'avais raison, elle en profite pour s'enfuir ! » pesta Rumfred. Avec hargne, il se prépara à reprendre la lutte contre le monstre. Une de ses plaies s'était rouverte et du sang maculait sa chemise. Pourtant, le djarb ne profita pas de son avantage. Il se désintéressait de Rumfred. Quelque chose d'autre attirait son attention.

C'était Nanken. Elle filait à toutes jambes sur l'herbe tendre de la clairière, à droite, à gauche, se rapprochant du djarb, revenant sur ses pas et repartant de nouveau. Rumfred comprit qu'elle cherchait à étourdir le vieux djarb. Sa manœuvre improvisée donnait déjà des résultats. L'adversaire ne savait plus où donner de la tête. Il avançait de trois pas, reculait de deux, allait de côté et repartait dans une autre direction en une chorégraphie inutile et laborieuse. Il ne tarda pas à osciller sur ses pattes d'aurochs.

Nanken en profita pour courir vers Rumfred de Raefen. Mais le djarb n'était pas aussi désorienté qu'il l'avait fait croire. Il décela quelque chose qui pendait toujours à la cheville de Nanken. Oubliant ses pattes flageolantes, il saisit l'extrémité de la corde de chanvre qui serpentait sur l'herbe juste devant lui. Avant même que Nanken ne comprenne ce qui lui arrivait, le djarb tira violemment sur le lien, ce qui la fit basculer sur le dos.

— À l'aide! Nooon! hurla Nanken.

Le djarb la ramenait vers lui comme un pêcheur aurait ferré un poisson. Couchée sur le dos, Nanken essaya de ralentir la manœuvre. Elle s'arc-bouta, enfonça ses talons dans la terre, et empoigna tout ce qui lui tombait sous la main : roches, fougères, racines… En vain. Plus que quelques mètres les séparaient encore.

C'est alors que Rumfred de Raefen passa devant elle. Il avait rassemblé ses forces et chargeait le djarb. Usant de son sabre comme d'un couperet, il sectionna la main du monstre, qui pendit, à moitié détachée du poignet. Nanken était libérée. Mais Rumfred, épuisé par l'effort, ne put assurer sa garde. Le djarb le saisit alors à la gorge et commença à l'étrangler de son poing valide.

Nanken attrapa le poignard de Rumfred de Raefen qui était accroché à son ceinturon et elle lacéra l'abdomen de leur ennemi. Celui-ci relâcha à peine son étreinte. Les yeux de Rumfred se révulsaient. Il fallait faire vite. Horrifiée, elle chercha un meilleur endroit où frapper.

Soudain, elle remarqua une chose incroyable. La petite entaille qu'elle venait de lui faire au niveau du ventre se refermait et cicatrisait d'elle-même. Quant à la profonde blessure que Rumfred avait infligée au djarb en début d'affrontement, elle était déjà bien guérie. Nanken en conclut que la partie supérieure du djarb, d'apparence quasi humaine, devait avoir la propriété de se régénérer. Son seul espoir était que la partie animale ne possède pas la même faculté. Sans réfléchir davantage, elle enfonça le poignard dans la cuisse velue.

Le djarb lâcha la gorge de Rumfred, qui s'effondra comme un pantin. Excédé, il marcha sur Nanken.

— Au jarret! souffla Rumfred de Raefen, qui se souvenait tout à coup d'une faiblesse mentionnée dans un bestiaire qu'il avait déjà lu. Il faut l'atteindre au jarret.

Terrifiée, Nanken s'accroupit juste comme les doigts griffus allaient l'empoigner par les épaules. Avant que la créature n'ait eu le temps de réagir, elle roula sur elle-même et se retrouva derrière le djarb. Il fallait saisir cette chance. À deux mains, Nanken enfonça son couteau dans le jarret droit de son adversaire. Le djarb poussa un hurlement de douleur. Il se retourna et essaya d'attraper Nanken, mais elle était plus agile que lui et la peur lui donnait des ailes. Elle lui fila entre les pattes et réussit à le contourner. Avec l'énergie du désespoir, elle frappa cette fois au jarret gauche. Le djarb était terrassé. Il s'effondra dans l'herbe. Vacillant, Rumfred leva le sabre khelône :

— Tu as combattu vaillamment, djarb ! Je te salue, puisses-tu trouver le repos...

Et en prononçant ces mots, il lui enfonça sa longue lame dans le cœur. C'était fini. La vie avait quitté le corps du prédateur. Une rumeur parcourut la forêt. Les oiseaux se remirent à chanter. Des animaux défilèrent entre les arbres, à l'orée de la clairière. Se sachant en sécurité, ils reprenaient le chemin de leur habitat.

Nanken extirpa deux fioles vides de sa besace. Depuis qu'elle avait observé le phénoménal pouvoir d'autoguérison du djarb, son instinct lui commandait de ne pas laisser se gaspiller son sang. Elle s'approcha de l'ouverture béante qu'il avait au cœur. Un liquide épais, d'un rouge presque noir, s'en écoulait. Elle plaça le goulot de la première fiole dans la plaie et la regarda se remplir. Toute à sa tâche, elle ignorait que Rumfred de Raefen suivait chacun de ses gestes. Elle possédait une sorte de grâce naturelle qui le surprenait. Qui le dérangeait même.

Nanken ne correspondait pas à l'image qu'il avait de ce peuple. Elle aurait pu s'enfuir et l'abandonner. Elle ne l'avait pas fait. Dans son état, il aurait été incapable de la retenir si elle avait décidé de déguerpir. Pourtant elle ne songeait pas à s'esquiver. Ce genre de loyauté envers un ennemi le désarçonnait. Il sentit poindre en lui un début d'admiration pour la droiture de cette guérisseuse et il s'en voulut.

— Après avoir observé le djarb, je crois que son sang guérit certaines plaies, dit Nanken d'un ton pensif. Accepteriez-vous que j'en fasse l'essai sur vous ?

Il eut une hésitation, qu'elle détecta aussitôt.

— Auriez-vous peur que je vous empoisonne ? s'enquit-elle, le visage durci.

Elle était déçue de ce manque de confiance alors qu'ils venaient de faire équipe. Rumfred de Raefen le comprit et s'adossa à un arbre non loin.

— Vous pouvez y aller, fit-il en fermant les yeux.

Nanken commença par faire un test. Après tout, elle n'était pas certaine du bien-fondé de sa théorie. Elle appliqua trois gouttes sur une longue lacération que Rumfred avait à la jambe. En un rien de temps, il ne resta plus rien de la blessure. Alors, assurée du résultat, elle se mit à la tâche.

— Voilà, j'ai fini.

Il ouvrit les yeux et regarda son thorax découvert. Plus de bandages entourant sa taille. Plus de plaies boursouflées commençant à peine à cicatriser. Aucune marque de coup. Reconnaissant, il saisit les mains de Nanken.

— Comment vous remercier ? s'exclama-t-il.

Leurs visages étaient tout près l'un de l'autre. Rumfred nota pour la première fois que les yeux de la guérisseuse brillaient comme l'ambre. Il se sentit étrangement attiré et...

— Enfin, vous voilà ! s'écria Achikur Lesserlink.

Il était couvert de sueur, d'aiguilles de pins et de poussière. Des chardons en grappes s'étaient emmêlés dans sa chevelure cendrée. Il avait le visage tout égratigné et, en prime, plusieurs épines de ronces bien enfoncées dans la peau de ses joues et de ses mains. Triomphant, il ramenait les trois bakshours.

— J'ai bien cru ne jamais les rattraper ! Ils étaient comme possédés. Ta monture, Rumfred, m'a filé entre les doigts à deux reprises. Mais je ne les ai pas lâchés tant que je ne les ai pas tous retrouvés.

En se dirigeant vers un arbre pour y attacher les bêtes, il sursauta devant la gigantesque dépouille étendue dans l'herbe.

— Qu'est-ce que c'est que ça ?

Rumfred de Raefen grommelait quelque chose d'inintelligible, quand Nanken annonça avec une certaine fierté :

— Un djarb.

— Mais... comment avez-vous pu vous en tirer vivants ?

— Nous nous sommes débrouillés sans vous, Lesserlink, répondit Rumfred d'un ton sec. Ce n'est pas comme si nous avions eu d'autre choix.

Achikur ignora le ton acerbe de Rumfred.

— Il est bien mort ? demanda-t-il en poussant le corps inerte avec son pied.

Il se fit raconter le combat en détail et interrompit le récit de ses compagnons à plusieurs reprises pour exprimer sa déception de ne pas avoir été là. Puis il félicita Rumfred de Raefen et surtout Nanken, à qui il jetait des regards admiratifs.

— Mais vous possédez un courage extraordinaire, guérisseuse ! Est-ce que toutes les femmes du Khel Maï sont comme vous, belles et intrépides ?

— C'est une ennemie, ne l'oubliez pas, Lesserlink ! rétorqua Rumfred avant qu'elle ait eu le temps d'ouvrir la bouche.

— Peut-être, mais elle vous a sauvé la vie. Sans son assistance, vous n'auriez pas fait de vieux os !

Nanken profita de l'intervention d'Achikur, en qui elle sentait un allié, pour demander d'une voix tremblante :

— Je vous en prie, laissez-moi repartir... Je vous jure de ne pas révéler la direction que vous avez prise. Je ne dirai même pas que je vous ai vus !

Elle leur parla de Vink, de son mari qui était mort et de leurs conditions de vie difficiles.

— Mon fils a besoin de sa mère. Il n'a que moi et je n'ai que lui. Je vous ai aidé, messire, ajouta-t-elle en se tournant vers Rumfred, à votre tour de me rendre la pareille. Je crois avoir prouvé que ma parole vaut bien la vôtre. J'aurais pu fuir, mais je suis restée pour vous aider à combattre le djarb. Si je dis que je ne vous dénoncerai pas, c'est que vous pouvez compter sur mon silence et ma bonne foi.

Achikur fut le premier à prendre la parole. Son regard franc brillait d'une lueur de sympathie.

— Je vous fais confiance. Je vous laisse partir si Rumfred est d'accord. À lui de décider.

Et il s'éloigna de quelques pas. En passant près d'elle, il murmura :

— Notre voyage sera bien moins plaisant sans vous, guérisseuse.

Mais elle ne l'entendit pas, pendue qu'elle était aux lèvres de Rumfred de Raefen. Il gardait le silence. Les bras croisés, il réfléchissait. Puis il leva ses yeux de glace noire sur Nanken.

— Désolé, mais je ne puis vous accorder ce que vous demandez. Nous sommes en mission, Lesser-link, vous semblez l'oublier un peu trop vite, rappela-t-il. La guérisseuse m'a aidé et je l'en remercie, mais je l'ai à mon tour sortie des griffes du djarb. Nous sommes donc quittes. Allons, ne boudez pas, dit-il d'un air railleur à l'intention de Nanken, lorsque nous serons arrivés au terme de notre périple, nous vous relâcherons peut-être... si vous vous êtes bien conduite pendant le voyage.

Nanken fut si déçue qu'elle ne put retenir ses larmes. D'une voix tremblante, elle essaya encore de plaider sa cause :

— Non! Vous ne pouvez pas... Je jure de ne rien dire...

— J'ai vu de quoi sont capables les soldats de votre tartareüs. N'oubliez pas que nous avons goûté à leurs méthodes. Pour vous faire parler, ils n'hésiteront pas à recourir à la violence, et sous la torture vous ne pourrez que tout leur révéler...

— Mais enfin, Rumfred, ce n'est pas d'une Londaurienne qu'il s'agit, mais d'une Khelonim. Pourquoi penses-tu qu'ils la tortureraient ?

— Parce que si elle réapparaît après être passée pour morte dans l'incendie, il y a de fortes chances que l'on nous suspecte d'avoir aussi échappé au brasier. De plus, si nous la laissons libre de repartir et qu'elle fasse la rencontre de nos poursuivants, comment expliquera-t-elle qu'elle se trouve si loin du campement khelône ? Ils ne seront pas dupes, Lesserlink. Ils la questionneront et ils ne seront pas tendres non plus. Nous connaissons bien, vous et moi, les coutumes en cours au Khel Maï. La vie d'une femme ne vaut déjà pas grand-chose chez eux.

Et une femme sans mari ne peut prétendre à aucune faveur... même si elle est une incomparable guérisseuse. Je vous rends service en vous forçant à nous suivre. C'est la meilleure solution pour votre propre sécurité et pour assurer le succès de notre entreprise. Nous devons servir notre roi d'abord et avant tout !

Nanken, qui avait retenu sa colère à grand-peine, donna libre cours à son ressentiment. Elle se rua sur Rumfred et le gifla avec force du revers de la main.

— Je vous hais ! Vous le paierez, vous m'entendez !

Elle sanglotait si fort à présent que Rumfred n'eut aucune peine à la repousser. Achikur, qui avait assisté à la scène d'un air consterné, la fit asseoir. Puis il se détourna pour lui laisser le temps de se calmer.

\*\*\*

DOMAINE DE SOUVENANCE, AUTOMNE 1298

— Est-ce que ça va, mon garçon ?

La voix bourrue de Ludrik parvenait à Edkar de très, très loin.

— Regarde, il a bougé ! constata Cobée.

— Grand-mère...

Edkar entrouvrit les yeux. Il avait été transporté hors du poulailler. La position du soleil, à mi-chemin entre son zénith et la ligne d'horizon, lui indiqua qu'il était resté seul pendant une longue période.

— J'avais envoyé Joubarbe chercher un chapon pour le souper. C'est elle qui t'a trouvé et nous a alertés, dit Cobée.

Encore étourdi, Edkar éprouvait un étrange sentiment mêlé de regret et de soulagement. La peine de Nanken Darkaïd gonflait son coeur de tristesse, et il lui tardait d'échapper à cette pénible sensation en réintégrant le présent de plain-pied.

— Grand-père, je ne comprends pas... J'étais dans le poulailler, et il y avait ce petit poussin esseulé... Ça m'a fait penser à Éligia de Londaure et à Vink Darkaïd. Je me rappelle avoir souhaité en savoir plus sur ce qui leur était arrivé. Tout d'un coup, je me suis retrouvé dans la Mémoria sans l'avoir voulu. Comment est-ce possible ?

— Tu as fait des progrès fulgurants, bien plus rapides que ce à quoi je m'attendais. C'est la puissance de ta pensée qui t'a entraîné vers Vink et Éligia ; tu recherchais leur présence, et c'est dans la Mémoria que ton inconscient savait pouvoir les retrouver. Je crois que tu n'as plus besoin de moi pour aller chercher les empreintes mnémoniques. Dorénavant, tu es capable d'y aller par toi-même. C'est ce qui t'est arrivé dans le poulailler. Mais ne t'en fais pas, je vais mieux te préparer pour ta prochaine expérience en solo, promit Ludrik d'un ton qui se voulait rassurant.

— Ludrik, il faut le ramener à l'intérieur tout de suite, il tremble comme une feuille !

C'était vrai. Edkar frissonnait, malgré le manteau que Ludrik avait jeté sur ses épaules. En le soutenant, Cobée et Ludrik l'entraînèrent vers la maison.

# CHAPITRE XXIV

*En mer calme, tous sont pilotes.*
PUBLIUS SYRUS, V. 85-43 AV. J.-C.

Edkar fut installé devant l'âtre de la Grande Salle. Cobée alla lui chercher à manger et lui versa un doigt de vin rouge pour le remonter. Elle surveilla la progression de son repas. Lorsqu'elle fut satisfaite, elle fit signe à Ludrik que la discussion pouvait continuer.

— J'ai connu d'habiles voyageurs du rebours dans ma vie, Edkar, mais parmi eux tu seras un des plus grands, déclara Ludrik. Il est fort possible que dans un avenir proche, tu sois en mesure, lors d'un même voyage, de visiter des souvenirs éloignés non seulement par la distance, mais aussi par le temps. Des empreintes mnémoniques appartenant à des générations différentes, et se référant à des événements survenus à des époques distinctes.

Edkar prit un temps d'arrêt pour absorber l'information. Se grattant la tête pour camoufler sa nervosité, il souhaita de toutes ses forces ne pas être une source de déception. Puis il s'excusa auprès de Cobée et de Ludrik et demanda à se retirer dans sa chambre.

— Tout va bien ? s'enquit Cobée, un peu troublée de le voir silencieux.

Edkar fit signe que oui. Avant de quitter la pièce, il effleura la joue de Cobée d'un petit baiser. Ludrik le regarda partir d'un air pensif.

\*\*\*

Edkar enleva quelques livres qui encombraient le lit et se coucha sur le dos. Croisant les mains sous sa nuque, il fixa le dais de tissu un peu fané qui s'étendait au-dessus de lui.

Il récapitula ce qu'il savait de la Mémoria. D'abord, elle lui permettait d'agrandir ses champs de compétence et d'acquérir des connaissances pour la maîtrise desquelles, en temps normal, il lui aurait fallu plusieurs années. Elle accélérait aussi sa maturation physique et mentale, ce qui l'outillait pour mieux faire face à de futurs dangers. Et si personne n'en parlait, Edkar était sûr que la menace se rapprochait. Il sentait dans chaque fibre de son être qu'Alecto de Morguehaute fourbissait ses armes avant de lancer l'assaut.

Il ne fallait donc pas perdre de temps. Dans le poulailler, Edkar avait fait un voyage à rebours de façon inconsciente. Il décida de retenter l'expérience, mais consciemment cette fois.

Il commença par sélectionner une destination. L'envie de savoir ce qui était arrivé à Duntor, au roi et à Gorham après qu'ils eurent quitté la vouivre s'imposa à lui. C'étaient eux les premiers qui avaient mentionné le nom d'Oudart de Morguehaute. Peut-être pourrait-il en apprendre davantage en fusionnant avec leur souvenir.

Edkar se concentra donc sur le canal souterrain. En ralentissant sa respiration, il pensa au monstre ailé qui crachait des étincelles brûlantes, ainsi qu'au roi Arild, muni de l'escarboucle, dans la barcasse. Edkar réussit à voir en esprit les concrétions calcaires : stalactites, stalagmites et autres formes sublimées du travail de l'eau sur la pierre. Et lorsqu'il parvint à entendre avec netteté le clapotis de la rivière s'écoulant sous la terre, il réintégra la Mémoria.

*** 

LA RIVIÈRE SOUTERRAINE, ÉTÉ 1033

La barcasse avançait lentement, bercée au rythme des gouttes tombant de la voûte hérissée de stalactites. Au bout d'un certain temps, le paysage souterrain changea : la distance entre le niveau de l'eau et le plafond de la canalisation diminuait. Arild, Gorham et Duntor se demandèrent s'il s'agissait d'une illusion d'optique, mais ils conclurent bientôt que le phénomène était bien réel. En effet, lorsqu'ils avaient quitté la vouivre, il aurait fallu grimper Gorham sur les épaules de Duntor pour toucher de la main la voûte de la rivière souterraine. À présent, chacun devait courber le dos et rentrer la tête dans les épaules pour ne pas être assommé par les épines calcifiées pendant du plafond.

Peu à peu, Duntor se vit forcé de se plier en équerre. Il proféra quelques injures à l'égard des ingénieurs d'Albred le Prévoyant pour l'inconfort de sa position. Mais la situation continua à empirer. Duntor, Arild et Gorham durent bientôt s'allonger à plat ventre dans le fond de la barcasse. Les bords de l'embarcation raclaient maintenant la pierre humide de la voûte. Duntor se sentait enfermé à l'intérieur d'un cercueil flottant.

Ils entendirent un craquement sinistre. Duntor, les yeux fermés, s'attendait à ce que la barcasse se fende en deux. Il pensa avec crainte au froid de l'eau. Mais au lieu de se remplir et de couler, l'embarcation oscilla. Ouvrant un œil prudent, Duntor se rendit compte que le roi avait repris la position assise et qu'il éclairait de nouveau la proue du bateau avec l'escarboucle. Gorham Baerwold ramait, le dos tourné à la proue, en le regardant d'un air goguenard.

— Je me demandais quand tu te déciderais à te relever !

Le ton était plaisant et Duntor accepta la raillerie sans broncher. Pourtant, il crut discerner une légère inquiétude dans l'attitude de Gorham.

— Tout va bien, n'est-ce pas ? s'informa Duntor en jetant un coup d'œil circulaire.

De la proue à la poupe, la barcasse ne semblait pas endommagée. Le craquement qu'il avait entendu devait s'être produit au moment où l'embarcation s'était dégagée de l'étroit goulot formé par la rivière et la voûte. À présent, la canalisation redevenait large et haute de plafond. Mais le courant était beaucoup plus fort qu'auparavant.

Une légère écume moussait aux endroits où des remous tournoyaient. La barcasse commença à trépider. Gorham décrocha les rames de leurs ancrages.

— Tiens, dit-il à Duntor, prends-en une et ne la laisse pas tomber à l'eau. Nous allons, toi et moi, veiller à ce que notre embarcation ne s'approche pas des parois. Nous risquerions de nous y fracasser.

Le voyage continua quelque temps au gré du courant qui accélérait. Le roi Arild et Gorham, tendus, ne disaient mot. La force de la rivière augmentait. Ils avaient fort à faire pour garder l'embarcation au centre. Pagayant avec vigueur, Gorham et lui donnaient chacun leur tour une bonne poussée sur les parois de roche afin d'en éloigner la barcasse.

Arild s'écria :

— Regardez, nous allons sortir à l'air libre et rejoindre l'Ygorne. Le plus difficile reste à venir, voici le Sault des Trépassés...

Duntor ne savait à quoi Arild faisait référence.
Malgré tout, il déglutit péniblement. Le mot « trépassés » ne lui disait rien de bon. Avant qu'il ait
eu le temps d'ouvrir la bouche, la barcasse fit un
bond en avant, et il sut qu'ils étaient enfin sortis du
souterrain.

Cependant, il n'était pas question d'admirer le
bleu du ciel ou le paysage. Leur embarcation se dirigeait vers une série de glissades parsemées de rochers
massifs. Duntor comprit quel terrible danger les
guettait. Déjà la barcasse, entraînée par la violence
du courant, franchissait les rapides à un rythme d'en-
fer. Les trois hommes étaient secoués comme farine
passée au tamis. Des trombes d'eau les aspergeaient
de la tête aux pieds. L'avant de la barcasse piquait du
nez pour remonter à une allure vertigineuse et Duntor pensa plus d'une fois qu'ils allaient culbuter dans
l'eau bouillonnante.

— Prends garde, Duntor, cria Gorham Baerwold.
Essaie de manœuvrer avec ta rame !

Malheureusement, un soubresaut brutal arracha
de ses mains le manche de bois. Duntor se pencha
pour essayer de le rattraper.

— Assieds-toi, hurla Gorham, tu vas nous faire
chavirer !

La rame flottait déjà au loin. Les veines gonflées par
l'effort, Gorham réussit à leur faire éviter de justesse
la pointe d'une masse rocheuse. La barcasse, prise de

folie, tournoyait sur elle-même. Tout à coup, le pire arriva. Le fond de l'embarcation se déchira sur une série de rochers à fleur d'eau et ses occupants furent propulsés dans les remous grondants de l'Ygorne.

# CHAPITRE XXV

*C'était une époque bénie, où les gens se rendaient*
*service : il n'y avait qu'à demander.*
MARCEL PAGNOL, 1895-1974

Arild toussa et cracha un jet d'eau. Il avait un goût de sang dans la bouche, car il s'était fendu la lèvre dans la rivière. Il regarda autour de lui. Il se trouvait dans l'unique pièce d'une misérable cabane. Des tonneaux de bois étaient alignés le long des murs dont les planches mal ajustées laissaient passer le vent. Plusieurs filets de pêcheur pendaient du plafond et dégageaient une forte odeur de corde mouillée, de moisi et de vieux poisson. La cabane exsudait l'humidité par tous ses pores, mais le roi ne sentait pas le froid. On l'avait étendu par-dessus une peau de bête sur un grabat presque à ras du sol, et une autre fourrure recouvrait son corps nu. Quelqu'un lui avait retiré ses habits mouillés.

Du regard, Arild chercha Célérité, son épée. Il la repéra tout près de lui, appuyée contre un tonneau. Il s'en empara et la dissimula sous la fourrure, rassuré de savoir qu'il pouvait parer à une éventuelle menace. La porte de la cabane s'ouvrit et un être difforme et bossu claudiqua vers lui. Arild posa la main sur la garde de Célérité. Il se tenait prêt à bondir, lorsque l'homme prononça des mots qui le déstabilisèrent.

— Alors, Sire, vous aviez choisi un bien drôle d'endroit pour faire trempette, sauf vot' respect. Une chance que je vous ai trouvé dans les roseaux avant que les soldats d'Oudart de Morguehaute ne vous aient vu.

— Jolin Durbec ! Est-ce bien toi ?

Jolin s'assit sur le rebord du grabat et serra les mains du roi entre les siennes. Il avait les larmes aux yeux. Une barbe touffue dissimulait son visage à moitié. C'était un homme peu cultivé mais intelligent. Il avait longtemps rempli la fonction de maître d'armes auprès d'Agismond le Taciturne, le père d'Arild, et il avait été chargé d'enseigner l'art du combat au jeune prince.

— Comme j'suis heureux de vous savoir vivant, Sire. Tartareüs Koubald a mis vot' tête à prix et je craignais qu'on n'vous ait déjà attrapé.

— Combien offre-t-il pour ma capture ?

— Trente mille kzuls, Sire…, répondit Jolin.

— Oh, oh, trente mille kzuls ! Il n'a pas lésiné, pour une fois ! persifla le roi.

— En tout cas, on vous r'cherche, mais on vous veut vivant si possib'. Y paraît que le tartareüs aimerait une exécution publique pour saper toute résistance chez vos partisans.

— Essayons de ne pas donner ce plaisir à Koubald. Pour commencer, il faut cesser de m'appeler « Sire ». Il n'y a plus de roi au Londaure, tant que je ne suis pas prêt à revendiquer mon bien. Mais dis-moi, as-tu vu deux hommes lorsque tu m'as trouvé ? Duntor de Vried et Gorham Baerwold m'accompagnaient.

— Duntor de Vried ! Y s'rait-ti le fils de Liam ? J'ai bien connu son père. Un homme honnête et courageux.

— Duntor possède toutes les qualités de son père, mais il est encore jeune... et un peu maladroit. Ne les as-tu pas vus ?

Jolin Durbec fit non de la tête.

— Bien peu de gens survivent au Sault des Trépassés. C'est pour ça que les soldats d'Oudart de Morguehaute ne surveillent pas l'endroit. Y sont plus bas sur la rive, à garder le pont.

— Mais ils peuvent être vivants, insista Arild. Moi-même, ne suis-je pas la preuve que l'on peut franchir cet obstacle ? Je dois partir à leur recherche !

— Vous n'y pensez pas ! Ce s'rait vous jeter dans la gueule du loup ! Écoutez, voici de vieux habits qui vous aideront à passer inaperçu. Dès qu'vous s'rez habillé, j'vais vous cacher derrière des tonneaux et des filets. Pour l'instant, y vaut mieux que vous restiez ici. C'est moi qui irai aux nouvelles.

Jolin Durbec savait qu'il fallait agir vite. Si Gorham et Duntor s'étaient noyés, leurs corps flottaient peut-être à proximité de la rive et leur présence attirerait l'attention d'Oudart de Morguehaute. Il était à souhaiter que le courant ait entraîné au loin les deux hommes.

Arild avait pris les guenilles et les avait enfilées sans mot dire. La chemise était si grande qu'il aurait pu y entrer avec son jumeau s'il en avait eu un. Perdu dans ses pensées, Jolin Durbec contemplait le roi déchu.

Tout à coup, il ressentit une pointe d'excitation. Enfin une juste cause méritait d'être défendue avec vaillance ! Sans même s'en rendre compte, Jolin eut un vieux geste, signe indéniable qu'il se préparait au combat : de son poing fermé, il se frappa la poitrine à la hauteur du cœur. Puis, en homme d'action, il élabora un plan.

— Si quelqu'un vient en mon absence et qu'il vous débusque, faites semblant d'avoir pris une bonne cuite et d'cuver vot' vin. Buvez donc ce verre de piquette, que vot' haleine ne vous trahisse pas. Je vais aller sonder la rivière et les berges pour voir s'il y a trace de Duntor et de Gorham. Ensuite, j'viendrai vous prévenir. Mais s'ils se sont noyés, que ferez-vous ? Où comptez-vous aller ?

— En Fellebris. Je demanderai à Aster de m'aider.

Jolin Durbec eut une moue dubitative.

— D'étranges rumeurs circulent au sujet d' la reine Aster. Faudra être prudents.

— Quelles rum... ?

— Chhhhhh !

Un doigt sur les lèvres, Jolin Durbec indiqua la porte. Des craquements de branches que l'on essayait de déplacer sans faire de bruit trahissaient une présence. On rôdait autour de la cabane. Le roi sortit Célérité de son fourreau et la lame miroita dans la pénombre. Jolin s'approcha de la fenêtre. Avec précaution, il écarta un pan de tissu qui en bloquait l'ouverture.

— Un soldat de Morguehaute, souffla-t-il. Je n'ai plus le temps d'vous cacher, tenez-vous prêt !

Lentement, la porte s'ouvrit. Un homme se pencha pour franchir l'encadrement. Avant qu'il ait eu le temps d'ouvrir la bouche, une épée se trouva pointée sous son menton.

— Entre, et pas un cri, pas un geste, sinon..., proféra Arild en appuyant un peu plus Célérité sous la barbe noire du soldat.

L'homme d'armes de Morguehaute obéit et fit quelques pas en avant, les mains bien en évidence, dans le silence le plus complet. Jolin Durbec s'approcha de lui, un gourdin levé, menaçant.

— Les soldats d'Oudart de Morguehaute, duc d'Aquilénor, ont tous le visage rasé, c'est un d'leurs signes de ralliement. T'es un imposteur, mon gars. Pour le compte de qui travailles-tu ? Réponds ou je t'assomme !

À ces mots, le roi leva les yeux et clama :

— Duntor, enfin te voilà !

— Sire !

Jolin Durbec, éberlué, écoutait sans mot dire. Arild remit Célérité dans son fourreau et présenta Duntor de Vried avant de s'enquérir du sort de Gorham.

— Il est juste à côté, caché derrière des fagots. Sa cheville est très enflée.

Jolin Durbec et lui allèrent le chercher et l'étendirent sur le grabat. Mis à part sa cheville gauche, il était indemne. Aux questions du roi Arild, les deux hommes racontèrent ce qui leur était arrivé depuis que la barcasse s'était brisée en deux.

— Je me suis retrouvé à l'eau et j'étais certain d'y rester, expliqua Duntor. Pourtant, à force de me débattre, et tout en descendant le courant, j'ai vu que je me rapprochais de plus en plus de la rive. Soudain, Gorham est passé devant moi, flottant sur une planche : un débris de la barcasse, sans doute. J'ai réussi à accrocher le bordé et à le retenir. Ensuite, le courant étant moins fort, j'ai pu mettre pied à terre sans trop de difficulté, tout en tirant Gorham jusqu'à la grève.

— Quant à moi, ajouta Gorham, je me rappelle un rocher contre lequel mon pied a percuté avant qu'un gros remous ne m'aspire par le fond. J'ai tourbillonné dans les flots déchaînés jusqu'à ce que j'agrippe le morceau du bordage. Puis Duntor est apparu et m'a tiré de l'Ygorne. Nous avons touché la berge non loin d'un pont où deux soldats montaient la garde. Ils nous ont repérés presque tout de suite et sont venus dans notre direction.

— Lorsqu'ils se sont approchés, reprit Duntor, nous faisions semblant d'être morts. Cela nous a permis de les prendre par surprise. Ils n'ont pas eu le temps de dire ouf que nous les avions maîtrisés et dépouillés de leurs vêtements.

Il soupira d'un air comique et les trois autres rirent de bon cœur. Le pauvre Duntor, qui était d'une grandeur hors normes, se retrouvait avec des habits d'une taille beaucoup plus petite que la sienne.

— Ne moisissons pas ici, dit Gorham.

Aussitôt, les quatre hommes se concertèrent. Il fut décidé que le départ se ferait à la nuit tombée. Avec la cheville de Gorham, il s'avérait impossible de traverser à pied les terres de Morguehaute, placées sous haute surveillance. La rivière demeurait la meilleure solution. Jolin Durbec pouvait fournir son embarcation de pêcheur et son expérience de navigateur.

— À partir d'ici, les rapides du Sault des Trépassés sont terminés. L'Ygorne est beaucoup plus facile à manœuvrer, même dans l'obscurité. J'pourrais l'faire les yeux fermés. J'connais son lit comme la paume de ma main. Nous aurons dépassé les terres de Morguehaute avant l'aube, au confluent de l'Ygorne et du fleuve Uther.

Duntor éprouva un sentiment de frayeur à la perspective de remettre les pieds dans un bateau.

— M'est avis qu'un échange d'accoutrement s'impose entre vous et ce grand lascar, Sire, déclara Jolin.

Il avait remarqué que les habits trop petits de Duntor menaçaient de se déchirer à chacun de ses mouvements. Lorsque Duntor et le roi eurent échangé leurs vêtements, Jolin Durbec sortit une lame de barbier et un éclat de miroir d'un vieux coffre, reliques des splendeurs anciennes du maître d'armes d'Agismond le Taciturne.

— Duntor, qui est à présent un pêcheur, peut garder sa barbe. Mais vous, S..., fit-il en étouffant un autre « Sire » qui lui avait échappé, vous devez êt' frais rasé. Si nous sommes pris pour une raison ou une aut', Gorham et vous garantirez notre passage avec vos accoutrements de Morguehaute. On nous f'ra pas d'ennuis dès qu'on apercevra les couleurs de vos habits. Et vous n'aurez qu'à dire que vous êtes chargés de transférer deux prisonniers, Duntor et moi, vers une autre ville.

En effet, les tuniques rouge et or aux couleurs d'Oudart de Morguehaute, le duc d'Aquilénor, se voyaient de loin. Le roi tendit son menton de bonne grâce, acceptant de sacrifier sa barbe aux reflets roux pour rendre son déguisement plus crédible. Très calme, il fit signe à Duntor de se détendre, car ce dernier tressaillait à chaque passage de la lame de rasoir sur le royal épiderme.

Ensuite, ce fut au tour de Gorham. Bien qu'il n'ait jamais porté de barbe, les poils de son visage, n'ayant pas été rasés depuis l'attaque de Magnus Chastel, avaient allongé. Sauf le long de sa mâchoire, où courait la longue cicatrice sur laquelle aucun poil n'avait jamais repoussé. Bientôt, le roi et Gorham eurent tout à fait l'air d'hommes à la solde du duc d'Aquilénor. Satisfait de leur apparence, Jolin Durbec put ranger son coffre, et il annonça en se frottant les mains :

— Faudrait ben vous nourrir, messires ! J'parie qu'vous n'avez rien eu à vous met' sous la dent d'puis un bon bout d'temps !

Il sortit et revint avec une botte de fougères dans laquelle étaient enroulés deux gros pescadons de rivière. Il venait de les pêcher quand il avait trouvé Arild inconscient et accroché à des roseaux.

Jolin mit le repas à cuire au-dessus d'un petit feu. Bientôt, un divin fumet de poisson chatouilla les narines de Duntor et de Gorham. Ils salivaient ferme, eux qui n'avaient rien mangé depuis l'attaque de Magnus Chastel.

Insensible aux grondements de son estomac, le roi Arild s'était éloigné des autres. Perdu dans ses pensées, il ne voyait que le visage d'Éligia, à jamais perdue. Son cœur, fendu en deux comme la barcasse, sombra dans les remous de sa douleur.

# CHAPITRE XXVI

*Et au milieu coule une rivière.*
NORMAN MACLEAN, 1902-1990

La nuit étendait ses voiles sombres sur les bois entourant la cabane. Duntor soutenait Gorham pour marcher. Jolin Durbec guidait la file en silence. Ils descendirent ainsi sans bruit la pente qui menait à la rivière, où ils prirent place dans la barque de Jolin Durbec : le roi devant, Duntor et Jolin au centre, Gorham à l'arrière.

Des bruits de voix leur firent tourner la tête. À la lueur des flambeaux zigzaguant entre les arbres, ils distinguèrent des silhouettes en armes qui se dirigeaient vers la cabane. Jolin Durbec chuchota :

— Mettez vot' rame à l'eau, Duntor, et souquez ferme.

Duntor tenta d'obtempérer, mais comme à son habitude, il eut un geste maladroit et la rame lui glissa des mains. Il fut aussitôt éclaboussé d'un jet d'eau glacée.

— Mordiable ! proféra Duntor.

— Chhhht! Tu vas nous faire repérer, souffla Gorham avec impatience. Je te rappelle que nous essayons de passer inaperçus!

Trop tard. Des sentinelles ameutaient déjà leurs acolytes. Prestement, Jolin sauta à l'eau et poussa de toutes ses forces. Lorsque la barque eut quitté la rive, il se hissa à bord avec une souplesse surprenante pour un homme de son âge.

Une flèche vint frôler l'oreille de Duntor.

— Maudit soit l'archer qui m'a envoyé cette sifflante! maugréa-t-il.

Les flèches pleuvaient de partout. Par chance, aucune n'atteignit sa cible. Les archers du duc d'Aquilénor visaient au hasard; d'épais nuages cachant la clarté lunaire, il était impossible pour eux de repérer la barque, qui s'éloignait rapidement.

Un cor sonna l'alarme. Un autre lui répondit plus loin en aval sur la rive et puis un troisième, à si grande distance qu'on l'entendit à peine.

— Ça y est, soupira Gorham Baerwold, l'alerte est donnée. Ils seront tous là, le long du rivage, à nous poivrer de leurs sagettes[6]! Ce sera un miracle si nous en réchappons!

Juste comme il prononçait ces mots, une nouvelle nuée de flèches fut tirée de la berge, à leur hauteur. Mais cette fois, on les avait enflammées dans le but

---

6. Sagette: terme ancien pour désigner une flèche.

d'éclairer la rivière ou de mettre le feu à l'embarcation. La première partie du plan avait réussi : la barque était bien visible et se découpait avec netteté sur l'eau. On entendit des archers d'Oudart de Morguehaute rire aux éclats. Leurs proies, en suivant le courant, allaient bientôt passer devant eux. Duntor et Jolin Durbec ramaient avec énergie et l'embarcation filait sur l'eau parsemée de reflets lumineux. Les hommes sur la rive n'avaient qu'à viser, la barcasse était dans leur mire.

— Allonge-toi, Duntor, dit le roi Arild. Ne leur offre pas une cible aussi facile en restant assis.

Mais Duntor refusa de se baisser. Il pensait qu'il était plus important de continuer à ramer pour éloigner la barque au plus vite, malgré les projectiles qui s'abattaient dans les flots tout autour d'eux.

Les archers bandèrent leurs arcs et tirèrent à plusieurs reprises. Chose incroyable, toutes les flèches déviaient de leur trajectoire, comme si elles évitaient d'elles-mêmes les occupants de la barque.

— Allez, gueux, faites un effort, visez un peu mieux, se moqua Duntor à voix basse.

Exaspérés, les soldats de Morguehaute couraient le long de la rive. Tirant à l'unisson, ils firent voler une pluie de flèches qui se scinda pour retomber de chaque côté de la barcasse. On aurait dit qu'un dôme invisible protégeait l'embarcation. Confondus, les assaillants finirent par abandonner la partie.

— Faudrait pas s'réjouir trop vite, ronchonna Jolin Durbec. Les prochains archers ne devraient pas être aussi empotés !

— Ils ne m'ont pourtant pas semblé malhabiles, remarqua Gorham.

— Enfin, messire Baerwold, si ces hommes avaient été capables de tenir un arc, y nous auraient pas ratés à tous les coups.

— Jolin, si nous sommes sains et saufs, ce n'est pas à cause de leur maladresse, mais de ceci, dit le roi Arild. Regarde !

Arild était plongé dans la noirceur. Aucune flèche enflammée ne l'éclairait. Cependant, une lueur brillait sur sa paume ouverte. Jolin contempla la grosse pierre précieuse dont l'éclat s'intensifiait peu à peu.

— Mais on dirait... Ce s'rait-y une escarboucle ? fit-il d'un ton incrédule.

— Oui, Jolin, c'est bien cela. Elle nous a protégés.

Arild, Gorham et Duntor lui firent un récit succinct de leur rencontre avec la vouivre, toujours logée dans les profondeurs souterraines de Magnus Chastel. Estomaqué, Jolin Durbec murmura :

— En effet, j'ai déjà entendu dire qu'le possesseur d'une escarboucle de vouivre est placé sous une bonne étoile.

— C'est bien ce que je crois, répondit le roi.

— Regardez là-bas ! les interrompit Gorham.

En aval, des centaines de flambeaux annonçaient la présence de soldats des deux côtés de la rivière. La partie ne se jouait donc plus seulement contre les hommes du duc d'Aquilénor, mais aussi contre les soldats du tartareüs, venus nombreux en renfort.

— Les sentinelles de Morguehaute ont alerté les Khelonims, gronda Duntor. Nous allons passer au beau milieu d'un corridor d'archers.

— Alors je vais demander autre chose à notre talisman, dit Arild en ayant une pensée reconnaissante pour le manuscrit que son grand-père lui avait fait lire au sujet de la vouivre. Duntor et Jolin, je voudrais que vous ralentissiez la barque le plus possible.

Ils se mirent aussitôt à ramer à contre-courant. Jolin ahanait comme un animal de trait. Il devait forcer pour égaler la puissance naturelle de Duntor. Arild se concentrait, les yeux fermés. Quand il les rouvrit, Duntor poussa un soupir de déception.

— Désolé, Sire, mais je ne crois pas que ça ait fonctionné. Rien n'a changé, il me semble. Qu'avez-vous donc souhaité ?

— Attends. Là, ça y est ! répondit le roi. Regarde !

Une étrange fumée blanche se déployait avec rapidité sur les deux rivages.

— Le feu est pris aux broussailles ? demanda Duntor.

— Non, je ne crois pas, répondit Gorham. Comment un incendie se produirait-il en même temps sur les rives opposées ?

— Ne soyez pas si impatients, observez plutôt, recommanda Arild.

La brume envahissait les berges et s'avançait sur l'eau, voilant les torches qui s'agitaient sur la terre ferme. Bientôt, il devint très difficile, puis quasi impossible de distinguer les flambeaux. Enfin, ils disparurent. Un épais brouillard, aussi opaque qu'un mur de pierre, masquait le paysage. Seul le centre de la rivière était dégagé.

— Allons-y! dit Arild.

Jolin Durbec et Duntor ramèrent avec toute l'énergie dont ils étaient capables. Ils entendaient les cris de stupéfaction des Khelonims d'un côté, et des soldats d'Oudart de Morguehaute de l'autre. Ils ne devaient pas voir à deux doigts devant eux. Les archers khelônes envoyèrent une bordée de flèches, en espérant atteindre les occupants de la barque. Mais c'est de la rive opposée que montèrent des hurlements de rage et de douleur. Plusieurs sonneries de cor firent entendre un appel au cessez-le-feu.

— Oups, m'est avis que les Khelonims ont gaffé! ricana Jolin Durbec.

***

— L'aube va bientôt se lever, déclara Gorham Baerwold en montrant, au-dessus de leurs têtes, le ruban de ciel qui se teintait de lueurs roses.

Le brouillard ne s'était pas dissipé de la nuit, et les deux rives étaient toujours noyées dans une épaisse purée de pois. Seul un couloir d'une largeur de six mètres était dégagé au milieu de l'eau. Les navigateurs n'avaient eu qu'à suivre cette voie toute tracée. Le reste du parcours avait été sans histoire ; des cors avaient résonné ici et là, mais aucun tir n'avait menacé leur sécurité.

Il y avait eu un changement de rameurs au cours de la nuit. C'étaient le roi Arild et Gorham Baerwold qui souquaient à présent. Duntor et Jolin venaient de se réveiller, après avoir somnolé quelques heures. Duntor s'étira en bâillant.

— Arriverons-nous bientôt ?

— Deux voies s'offrent à nous, répondit Arild. La première est terrestre. Nous pourrions passer par les landes d'Aigrebrume. Mais j'estime qu'il serait beaucoup trop long de traverser cette région à pied, sans montures. Et puis Gorham ne pourrait nous suivre, avec son pied blessé. Il nous faut une façon de voyager beaucoup plus rapide.

Duntor ne voyait pas où le roi voulait en venir.

— Je donne ma langue au félipus, dit-il.

— Nous allons continuer sur l'Uther jusqu'à ce qu'il se jette dans la mer. Puis, nous ramerons vers l'île d'Yslégende.

— Pour quoi faire ? balbutia Duntor, étonné.

L'île d'Yslégende avait une réputation plutôt nébuleuse. Le roi regarda Duntor en souriant, puis déclara de façon péremptoire :

— Pour y chercher des morvagues. Les chevaux qui galopent sur les flots !

# CHAPITRE XXVII

*Je ne suis pas un génie.*
*Je possède seulement un formidable bagage d'expérience.*
R. Buckminster Fuller, 1895-1983

## Domaine de Souvenance,
## fin de l'autome 1298

Alors que le soleil déclinait vers la ligne d'horizon, Edkar s'engagea dans l'escalier d'une des deux tours carrées de Souvenance. Au premier étage, il cogna à la porte de la bibliothèque de Ludrik. Pas de réponse. Il entrouvrit le battant et jeta un coup d'œil à l'intérieur. Personne. Edkar, qui était venu emprunter un livre, s'approcha des rayons. Des reliures de cuir de tous les formats s'empilaient sur les tablettes. Il y avait de nombreux ouvrages scientifiques, qui traitaient d'herboristerie, de médecine, de géométrie et d'astronomie. Un peu plus loin se trouvaient des romans de chevalerie. Edkar, qui en avait déjà lu plusieurs, continua de fureter.

Son regard fut attiré par deux gros ouvrages tombés de côté, car ils en dissimulaient un troisième, placé au fond. Curieux, le garçon écarta les volumes et saisit le vieux grimoire poussiéreux qui était derrière. Les lettres autrefois dorées avaient perdu de leur éclat, mais il arriva à déchiffrer le titre : *Mythologie du royaume de Londaure*. Aussitôt lui revint le souvenir du roi Arild expliquant à Gorham Baerwold que ce manuscrit avait appartenu à sa famille.

Tout excité par sa découverte, Edkar posa le document sur la table et tourna ses pages avec précaution. Il était à la recherche d'un passage bien précis. Enfin, il mit le doigt sur le texte concernant la vouivre. Il avait beau s'y attendre, il reçut pourtant comme un coup au cœur. Car de deux choses l'une : ou il s'agissait d'une copie, ou il tenait entre ses mains le manuscrit original, celui-là même dont Arild de Londaure avait parlé.

— Tiens, Edkar ! Je ne savais pas que tu étais ici, fit Ludrik en entrant dans la pièce. Que consultes-tu avec tant d'attention ?

— *Mythologie du royaume de Londaure*, répondit Edkar en lui montrant le livre et son intitulé. Le roi Arild et sa famille en possédaient un exemplaire. Est-ce le même ?

Un léger silence flotta dans la pièce. Ludrik contemplait la reliure patinée.

— Oui.

— Comment ce grimoire s'est-il retrouvé ici, à Souvenance ? reprit Edkar.

— Un jour, Arild en fit cadeau à Gorham Baerwold. À la mort de ce dernier, le document passa à sa femme, puis à ses enfants, et aux descendants de ceux-ci. Mais ensuite, qui connaît le parcours de ce livre avant qu'il aboutisse dans notre demeure?

Edkar acquiesça. Les livres voyagent. Ils sont lus, entreposés, donnés, prêtés, perdus et retrouvés, jusqu'à ce qu'ils tombent en lambeaux. Leur cycle de vie ne prend fin qu'avec leur complète détérioration.

— J'aimerais bien l'emprunter. Est-ce possible?

— Bien sûr.

— J'y vais, alors. Merci pour le bouquin.

— Bonne lecture! dit Ludrik tandis qu'Edkar fermait la porte derrière lui.

Edkar s'apprêtait à plonger dans le grimoire consacré à la mythologie du Londaure quand le titre lui fit songer à Arild et ses compagnons. Ils étaient en route pour l'île d'Yslégende. Nanken était forcée d'accompagner Achikur et Rumfred jusqu'à Fellebris. Mais qu'était-il advenu de Vink, Idriss et Éligia?

Fermant les yeux, il se concentra sur la Mémoria.

\*\*\*

CAMP DES KHELONIMS, ÉTÉ 1033

Idriss avait laissé Vink veiller sur la jeune Londaurienne rebaptisée Ostap. Elle était loin d'être complètement remise de ses blessures et sa première sortie depuis l'attaque l'avait épuisée. La sachant sous bonne garde, Idriss s'était rendu à la tente des Darkaïd dans l'espoir d'y trouver Nanken.

Il fut donc surpris de n'y voir que Kûrik. Ce dernier ne l'avait pas entendu entrer. Il était trop occupé à répandre par terre le contenu d'une malle. Des objets jonchaient la table, les paillasses avaient été retournées, des fioles ouvertes et renversées se vidaient dans tous les coins.

— Que se passe-t-il ici ? tonna Idriss.

Kûrik sursauta. Il était cramoisi et en sueur, comme d'habitude. Sur son visage gras alternaient culpabilité et défi. Il tenait une pelisse de fourrure à la main.

— Où est Nanken et qui t'a autorisé à prendre son bien ? demanda Idriss d'une voix courroucée. Je te rappelle que le vol est interdit par nos lois !

— Je ne suis pas un voleur ! se défendit Kûrik. Nanken Darkaïd étant décédée, il est de mon droit de disposer de ses affaires, en compensation de la perte que mon unité et moi allons subir. Il n'y aura plus personne pour s'occuper de notre bien-être, car je ne vois pas comment le jeune Vink, qui est un médiocre chasseur, pourrait subvenir à nos besoins.

Idriss n'avait pas entendu la moitié de ce discours. Seuls les mots « Nanken Darkaïd étant décédée... » résonnaient à ses oreilles.

Terrifié par le visage menaçant d'Idriss, Kûrik recula jusqu'à ce qu'il soit acculé à la paroi de la tente.

Idriss le rejoignit en quelques enjambées et l'agrippa au collet.

— Où est Nanken ? Et n'invoque pas le secret d'État avec moi ! Parle, ignoble ver de terre !

— Je... je ne mens pas ! Sur l'ordre du tartareüs, la guérisseuse devait soigner des prisonniers londauriens. Hier, on l'a vue entrer dans leur tente. Un incendie s'est déclaré. Le feu s'est propagé à une vitesse stupéfiante. Tout a brûlé. Il ne reste plus que des cendres. Elle n'a pas pu ressortir à temps.

Le Mentor, accablé, relâcha son étreinte. Kûrik semblait sincère. Ses petits yeux, habituellement fuyants, ne se dérobaient pas. Selon toute vraisemblance, il était persuadé que Nanken était morte. L'image de Vink s'imposa à Idriss. Il allait être dévasté. À cette pensée, le visage du Mentor se contracta.

— Hors de ma vue ! Va-t'en ! cria-t-il en poussant Kûrik vers la porte.

— Mais... ma part... J'ai le droit de prendre..., balbutia Kûrik en essayant de résister au Mentor.

— Tu reviendras plus tard. Je vais rassembler les objets de famille à remettre au fils de Nanken. Tu sais que les Darkaïd étaient pauvres. J'ai bien peur qu'il ne reste pas grand-chose ayant de la valeur, à part la tente, qui te reviendra. Le jeune Vink n'en aura pas besoin, car je le prends à ma charge à partir de maintenant. Il vivra avec moi.

La perspective d'hériter de la tente des Darkaïd consola un peu Kûrik d'avoir à quitter les lieux avant d'avoir complété son inventaire.

— N'oubliez pas de nous laisser notre part du gâteau, insista-t-il en déguerpissant.

Il avait calé la pelisse de félipus sous son bras et, d'une main preste, en profita pour glaner ici et là quelques objets supplémentaires avant d'atteindre la sortie.

« Quel charognard », songea le Mentor. Il ramassa une besace de cuir qui traînait dans un coin et y jeta pêle-mêle certains pots, quelques vêtements et l'instrument de musique qui avait appartenu à son demi-frère Varold. Idriss pinça une des cordes tendues sur la peau de bédusin. Des larmes roulèrent sur ses joues.

— Varold, Nanken, je vous promets de veiller sur votre fils, murmura-t-il.

Faisant un dernier tour de la pièce, il aperçut un des foulards de Nanken. Il s'en empara et respira son odeur avant de le glisser dans sa chemise. Enfin, il jeta la besace sur son épaule et sortit.

# CHAPITRE XXVIII

*Pour moi, être dans le doute, c'est être résolu...*
WILLIAM SHAKESPEARE, 1564-1616

Idriss n'avait pas fait dix pas que Kazmo arriva en trombe.

— Qu'est-ce que tu fais là, toi ? dit Idriss en caressant le jaffeur.

Kazmo lui donna un grand coup de langue puis s'éloigna. Il louvoyait de gauche à droite et vice-versa. Le museau à ras du sol, de toute évidence il flairait une piste et il se retourna pour voir si Idriss le suivait.

— Vas-y, montre-moi !

Kazmo bondit. Idriss accéléra l'allure pour ne pas se faire distancer. Brusquement, tous deux s'arrêtèrent. Le jaffeur les avait menés sur les lieux de l'incendie : un large cercle d'herbe calcinée et un amas de cendres témoignaient de l'ancienne présence d'une tente. La gorge nouée, Idriss contempla le désastre. Kûrik n'avait pas exagéré : il ne restait plus rien.

— Jarf ! émit Kazmo de loin.

Il avait longé la moitié de la circonférence et se trouvait de l'autre côté du cercle noirci. Assis sur son arrière-train, la tête penchée de côté, il attendait que son maître se décide à le rejoindre. Mais Idriss en avait assez vu. Il désirait plus que tout s'éloigner de l'endroit funeste où Nanken avait péri.

Bouleversé, il siffla pour rappeler Kazmo. Celui-ci ne broncha pas. Idriss comprit qu'il devrait aller le chercher. Il se dirigea vers le jaffeur, mais Kazmo détala vers le bois.

Maudissant l'animal, Idriss le suivit au pas de course. Kazmo tomba en arrêt devant un buisson. Il fixait un point de l'arbuste sans bouger, la patte avant à demi repliée. Idriss était hors d'haleine lorsqu'il le rejoignit. En reprenant son souffle, il remarqua un bout de tissu noué à une branche. C'était un morceau de chemise, comme ceux que Nanken déchirait pour en faire des bandages.

Une lueur d'espoir s'alluma dans son regard. Il décrocha le bout de tissu et le fit sentir à Kazmo. Le jaffeur agita la queue et recommença sa course folle. Cette fois, il fila jusqu'à l'enclos des bakshours. Ne laissant rien au hasard, Idriss examina méthodiquement les alentours. Le sol s'enfonçait à plusieurs endroits. Les empreintes des sabots de trois bakshours étaient bien visibles. Il suffisait de suivre les traces.

Kazmo avançait à l'odeur. Idriss marchait les yeux rivés au sol. Soudain, ils débusquèrent une petite fiole.

Aucun doute, elle appartenait à l'arsenal de la gué-
rissseuse. Nanken voulait leur faire savoir qu'elle était
vivante. Idriss savait qu'elle n'aurait pas quitté Vink sans
un mot d'explication. Pas de son plein gré, en tout cas...
Les morceaux du casse-tête se mettaient en place
dans l'esprit du Mentor. Nanken avait disparu après
qu'un incendie se fut déclaré dans la tente de mysté-
rieux prisonniers londauriens.

Les yeux mi-clos, Idriss lissait ses sourcils brous-
sailleux tout en réfléchissant. L'hypothèse était plau-
sible. Si Nanken s'était présentée au moment où les
prisonniers projetaient de s'enfuir, ils n'avaient eu que
deux options : se débarrasser de ce témoin gênant ou
l'emmener avec eux. Ces empreintes de trois destriers
prouvaient que Nanken avait été forcée de les suivre.
Elle pouvait leur être utile grâce à ses talents de guérisseuse, et servir de monnaie d'échange au besoin.
Plus il y pensait, plus Idriss était convaincu que Nanken était bien vivante.

Il estima que la seule destination possible pour les
fuyards était Fellebris. Tartareüs Koubald n'avait pas
encore poussé son avancée de ce côté. Idriss était sûr
de son raisonnement. Kazmo haletait ; il avait rempli
sa mission.

Ils rebroussèrent chemin et se dirigèrent vers le
campement. Idriss élaborait déjà son plan : à la nuit
tombée, il partirait avec Vink et Ostap à la recherche
de Nanken et de ses ravisseurs.

Cette décision serait lourde de conséquences. Elle équivalait à une défection pure et simple. Car Idriss n'avait pas l'intention de prévenir Tartareüs Koubald, ni de lui demander l'autorisation de s'absenter. À l'aube de sa grande conquête, le Grand Avatar considérerait la disparition subite de son conseiller comme une trahison. Malgré cela, Idriss n'envisagea pas un instant de différer son départ.

# CHAPITRE XXIX

*Celui qui a volé de l'or est mis en prison,*
*celui qui a volé un pays est fait roi.*

ANONYME

À trente-neuf ans, Tartareüs Koubald avait les yeux globuleux et les paupières tombantes. Il ressemblait à un batracien placide, court sur jambes, mais massif et musclé. Ce jour-là, vêtu d'une sorte de pagne, il écoutait le rapport de ses généraux pendant qu'une jeune servante lui faisait sa toilette. Elle lui avait d'abord huilé la peau et passait à présent un petit peigne de bois sans dents sur son épiderme, en ramassant au passage le corps gras et la crasse liés ensemble.

— Donc, vous avez été incapables de mettre la main sur le roi Arild ! Comment a-t-il pu se volatiliser ? gronda Koubald en jouant avec les petites sphères métalliques enfilées dans les nombreuses tresses de sa barbe.

Pour la cinquième fois depuis la prise de Magnus Chastel, les généraux lui expliquèrent que le roi avait fui de sa chambre par un dédale souterrain et que tous les éclaireurs envoyés en reconnaissance n'étaient jamais revenus de ce labyrinthe. Koubald savait déjà tout cela. Ça ne l'empêchait pas de fulminer. Il se sentait floué, privé du plaisir ultime du conquérant. Il voulait mettre la main sur Arild, l'humilier, le voir ramper à ses pieds avant son exécution publique.

— Et la princesse Éligia ?

Il y eut un moment de flottement. Personne n'avait envie de répéter l'incroyable histoire qui circulait à propos de la fille d'Arild. Un des généraux se sacrifia, poussé du coude par son voisin.

— Nous ne croyons pas qu'elle se trouvait avec son père, ô mon Tartareüs. En fait, plusieurs soldats, ainsi que des officiers, ont juré avoir vu une fille être emportée dans le ciel par un oiseau monstrueux. Le signalement ressemblait beaucoup à celui de la princesse.

— Qu'ai-je à faire de ces racontars ? mugit le tartareüs. Je veux avoir la preuve qu'il ne reste plus d'héritière au Londaure, est-ce bien clair ?

Hors de lui, Koubald se jeta sur le général et le secoua.

— Pardonnez-moi, ô Grand Avatar. Vous avez cent fois raison. J'ai été trop négligent. Laissez-moi me racheter. Je ferai retourner chaque pierre de la forteresse et fouiller le moindre sous-bois. Nous vous ramènerons la fille d'Arild, morte ou vive.

— Voilà qui est mieux, répondit Koubald, radouci. Et que l'on aille me chercher le mentor Idriss. Je désire m'entretenir avec lui.

***

Quelques heures plus tard, on vint annoncer à Tartareüs Koubald qu'Idriss était introuvable.

— Nous l'avons cherché partout. À croire qu'il s'est volatilisé! Il est parti avec des vêtements et des provisions; sa tente ne contient plus que les meubles. Tout indique que son absence devrait être prolongée.

— Comment a-t-il osé? Je ne l'ai pas autorisé à quitter Ma Présence! Le traître! Le misérable! Me faire ça à moi! Que l'on offre une récompense à qui me fournira des renseignements utiles sur ses allées et venues!

Ruminant de sombres pensées, le tartareüs passa une nuit blanche. Au matin, des généraux vinrent lui annoncer que l'on avait trouvé des informateurs.

— Deux hommes du poste de guêt, ô Grand Avatar. Ils ont des choses très intéressantes à dire.

Koubald venait de déjeuner. Il s'aspergea le visage d'un peu d'eau et alla prendre place sur le trône d'Arild de Londaure, qu'il avait fait transporter dans sa tente. Il aimait s'y asseoir et y prendre ses aises. C'était une preuve tangible de sa suprématie sur Arild.

— C'est bon, faites-les entrer, fit-il avec un geste hautain.

Intimidés, les soldats se dandinaient d'un pied sur l'autre. Un des généraux leur donna à chacun une bourrade:

— Allons, parlez!

— Eh bien, voilà. Il y a environ trois nuits, nous étions en sentinelle lorsque le Mentor a franchi notre poste de garde, dit un soldat.

— D'où venait-il? demanda le Grand Avatar d'un ton sec.

— De la forêt. Il était accompagné de deux jeunes garçons.

Un silence pesant suivit ces mots.

— Des Londauriens? s'enquit le tartareüs d'une voix anxieuse.

— Non, non, des Khelonims! s'empressa de répondre le deuxième soldat.

Pendant que Koubald réfléchissait, quelqu'un avança le nom de Vink Darkaïd.

« Il est le fils de Varold, le demi-frère du Mentor, ô Grand Avatar. Ils sont souvent ensemble. »

Le nom de Varold Darkaïd disait vaguement quelque chose à Koubald, mais sans plus. Il tourna un regard interrogateur vers les généraux. L'un d'eux s'empressa de le renseigner.

— Le menuisier qui a fait votre porte.

— Est-ce tout?

— Non, Grand Tartareüs, répondit un général. Nous avons aussi convoqué le lieutenant Kûrik. Il a été vu discutant avec le mentor Idriss avant le départ de celui-ci.

— Qu'on le fasse entrer!

À l'extérieur de la tente, Kûrik se rongeait les sangs. Il était sûr que Vink l'avait dénoncé au sujet des vols qu'il avait commis. En vitesse, il échafauda une histoire pour se disculper d'une éventuelle accusation. Quand on le fit entrer, il se jeta par terre devant le tartareüs.

— Je n'ai rien fait, je le jure !

Il tremblait de tous ses membres et claquait des dents.

— Tiens, tiens... ta consience te travaille ! Ne dit-on pas que celui qui se défend avant même d'être accusé démontre sa culpabilité ? persifla le tartareüs, que l'attitude de Kûrik agaçait et intriguait à la fois.

— Nous n'avons pas le temps de nous attarder sur ce que tu peux avoir fait, rajouta un général. Nous y verrons plus tard. Pour l'heure, nous voulons que tu nous fournisses des renseignements sur le mentor Idriss et ses liens avec la famille Darkaïd.

— Ô Grand Avaleur ! que... que vésirez-dous vasoir sur le Tenmor ?

Le tartareüs dévisagea le pauvre Kûrik qui bafouillait et se tourna vers un général.

— Qu'est-ce que c'est que ce charabia ? M'avez-vous amené un demeuré ?

— Allons, calme-toi ! dit le général à Kûrik en lui envoyant une grande claque dans le dos. Tu connais bien les Darkaïd et on t'a vu avec le Mentor il y a peu. Alors, parle ! C'est pour ça que tu es ici.

Kûrik lança un regard furtif sur les visages autour de lui. Ils n'étaient pas bienveillants, mais pas hostiles non plus. Reprenant un peu du poil de la bête, il raconta au tartareüs la mort de Varold, la protection qu'Idriss étendait sur Nanken et Vink, deux insolents de la pire espèce... Kûrik s'enhardit jusqu'à rajouter ici et là des détails, des anecdotes. Emporté par son élan, il dressa un portrait douteux dans lequel il était l'objet de persécutions de la part de Nanken.

— Une véritable sorcière qui tenait le mentor Idriss sous son charme ! Mais moi, j'ai su lui résister. Si elle n'était pas morte dans l'incendie qui a ravagé la tente des prisonniers londauriens, je l'aurais tuée de mes propres mains !

À ces mots, Koubald cessa de tambouriner sur le bras du fauteuil royal.

— Qu'est-ce que cette femme aurait eu à voir avec les prisonniers ? siffla-t-il avec une lueur inquiétante dans le regard.

Ce fut un des généraux, répondant au nom de Pavik, qui prit la parole.

— Nous avons eu besoin d'une guérisseuse pour les prisonniers. Nanken Darkaïd est venue à plusieurs reprises leur apporter des soins. C'est d'ailleurs Kûrik qui l'avait recommandée.

— Pourquoi aurais-tu patronné une femme dont tu te méfiais ? s'enquit le tartareüs, dont la mâchoire se contractait.

Kûrik vacilla.

— Ô Gr... Grand Avachi, Nanken Da... Darkaïd, paix à son âme diabolique, était quand même la mei... meilleure gué... guérisseuse du Khel Maï! Et... elle sa... savait que je l'a... avais à l'œil!

Koubald jaugeait Kûrik en silence. Ce dernier respirait l'hypocrisie, son récit paraissait truffé d'inepties. Le tartareüs remercia les Mille Dieux que son armée ne soit pas uniquement composée de ce genre de mollusques. Le lieutenant Kûrik devait être une exception.

Soudain, on frappa à la porte. Deux gardes entrèrent. Ils avaient une information urgente à communiquer au tartareüs.

— En partant de la tente d'Idriss, nos jaffeurs ont trouvé une piste, ô Grand Avatar. Désirez-vous qu'un détachement parte à sa recherche?

Koubald hocha la tête. Un léger sourire flotta sur son visage.

— Vous aurez besoin de quelqu'un qui pourra identifier le fils Darkaïd lorsque vous aurez retrouvé les fugitifs. Je vais faire appel à tes services, Kûrik! Tu vas accompagner ce détachement de pisteurs!

— Moi, Grand Averti? Mais c'est impossible! Et mon unité? Mes hommes ont besoin de moi! s'exclama Kûrik, au bord de l'apoplexie.

— C'est vrai, ça... Tu as des hommes à ta charge... Le général Pavik s'avança.

— Nous pourrions envoyer un des soldats de son unité. Ils doivent tous connaître les Darkaïd, puisque la famille était chargée de leur bien-être. Ce soldat pourra identifier le jeune Vink sans problème.

— Mais oui, mais oui, Grand Avantage! Prenez... prenez Babik, offrit Kûrik, il est l'homme de la situation. Courageux, plusieurs fois nommé au tableau d'honneur... Il est entraîné à affronter les pires ennemis!

— Le portrait que tu m'en fais est en effet des plus favorables, approuva le tartareüs. Il a l'air bien valeureux, ce Babik. Puisque c'est ainsi, je le nomme lieutenant à ta place. Il veillera sur ton unité en ton absence. Non, je ne veux rien entendre, rugit Koubald en martelant le bras du trône de son poing lorsque Kûrik tenta de protester. Tu pars à l'instant même! Et tu es dégradé, Kûrik! Tu n'es plus qu'un simple soldat dès maintenant. Défais ces deux nattes à ton menton et tresse ta barbe en conséquence. Une seule natte, tu m'entends?

L'ancien officier avait une tête de noyé.

— Bbb... bien sûr, Grand Av.. Avenir! Je vous obéis, acquiesca-t-il d'un ton servile.

Et pour faire bonne mesure, il exécuta une série de courbettes en espérant échapper à un nouvel accès de colère du tartareüs. Puis, tandis que Koubald continuait de donner des ordres, il dénoua ses poils de barbe pour n'en faire qu'une seule tresse, qui lui pendait au menton comme une queue de rat déchu.

— Lorsque vous aurez retrouvé le mentor Idriss et les jeunes gens qui l'accompagnent, intima Koubald, ne les tuez pas. Je les veux vivants, vous m'entendez ! Je dois savoir de quoi il retourne ! Je n'accepterai pas de bévue, est-ce bien clair ?

— Tout ce qu'il y a de plus clair, ô Grand Avatar. Leurs vies seront épargnées. Est-ce tout ?

— Autre chose : si Kûrik vous nuit de quelque façon que ce soit, abattez-le comme une bête nuisible !

— Avec joie, ô Grand Avatar, répondit un des gardes avec sadisme.

Kûrik semblait foudroyé. Son teint pâle et brouillé avait l'aspect du lait caillé.

— Allez, viens et ne traîne pas ! ordonna le garde.

Kûrik avança le plus vite possible sur ses grosses jambes. Il n'était que trop heureux de disparaître hors de la vue du tartareüs.

— Pourquoi avoir envoyé cet incompétent en mission, ô Grand Avatar ? demanda un des généraux avec curiosité.

— Je ne pouvais me résoudre à le récompenser en le laissant se planquer ici, à l'abri de tout tracas, maintenant que Magnus Chastel est prise. Et puis, en le manipulant adroitement, qui sait si sa lâcheté ne pourra pas nous être utile dans le futur ?

# CHAPITRE XXX

*La nuit, chaque maison est une lanterne dorée.*

LOUISE WARREN

## DOMAINE DE SOUVENANCE, FIN DE L'AUTOMNE 1298

Resté dans la bibliothèque après le départ d'Edkar, Ludrik d'Alcyon saisit une des lampes qui brûlaient et se dirigea vers la porte. Il monta les marches d'un escalier en colimaçon menant à la volière, tout en haut de la tour. Odoacre, son homme de confiance, s'y trouvait déjà. Il nourrissait de chair crue une jeune kestrelle en lissant ses plumes ébouriffées.

— A-t-elle rapporté un message ? demanda Ludrik en déposant la lampe à l'huile sur le rebord de la fenêtre.

Sans mot dire, Odoacre lui tendit un parchemin encore serré dans sa minuscule gaine de cuir. Ludrik l'en extirpa et le déroula sous la lueur de la lampe. À première vue, le parchemin semblait vierge. Ludrik d'Alcyon examina le verso. Rien. Pas un mot, ni le moindre signe. Le vieil homme releva les yeux. Son regard gris pétillait. Odoacre avait un sourire en coin, comme si les deux hommes s'amusaient d'une bonne blague connue d'eux seuls.

— Ils auront eu peur que notre messagère ne soit interceptée par l'ennemi. Ils ont bien fait. On ne doit jamais lésiner sur les précautions. Comme bien peu de gens ont été initiés à cette technique, il y a fort à parier que le message, s'il était tombé entre les mains de nos adversaires, n'aurait pu être déchiffré.

Odoacre approuva en silence. Ludrik plaça le parchemin au-dessus de la flamme et bientôt des lettres, des phrases entières écrites à l'aide d'un suc végétal apparurent sous l'effet de la chaleur. Il lut à haute voix :

— L'Héritier ne pourra rester caché encore longtemps. L'armée d'Alecto de Morguehaute s'est assemblée aux frontières. La Marche de l'Est a résisté à une première attaque. L'ennemi a pris ses quartiers d'hiver. Il sait qu'il serait trop imprudent de mener une campagne dans la neige. Profitez de ces mois de trêve pour vous préparer. Longue vie à l'Héritier !

— Longue vie à l'Héritier ! répéta Odoacre en frappant son cœur de son poing droit fermé.

Ludrik d'Alcyon souffla sur le message et les caractères disparurent un à un sous son haleine. Lorsqu'il ne resta plus aucune trace sur le parchemin, les deux hommes se regardèrent. Depuis des années, ils savaient que ce moment arriverait, tôt ou tard. Ils étaient prêts.

# L'AUTEURE

Née à Montréal d'un père belge et d'une mère québécoise, Emmanuelle Dupal a longtemps eu l'impression de vivre entre deux cultures et deux identités. Très jeune, elle a pris l'habitude de s'évader dans la lecture. Son premier roman, *Sabotage en 4ᵉ année*, aux Éditions de la Paix, était finaliste au prix Hackmatack 2008-2009 et au prix Tamarack en Ontario. Les trois premiers tomes de sa série fantastique *Princesse Cléo* ont été retenus dans la Sélection Communication-Jeunesse 2011-2012.

# REMERCIEMENTS

Toute ma reconnaissance à Caroline Schindler, Anne-Sophie Tilly et Sophie Michaud, qui ont été les premières à croire en ce projet; ainsi qu'à Alice Liénard, Nadine Robert et l'équipe de la courte échelle pour avoir poursuivi l'aventure.

Mille mercis à Romy Dupal-Demers, qui a soutenu mes efforts à coup de fous rires; à Éloi et Paul Fournier, qui m'accueillent à chaque retour de la Mémoria; à Stéphanie Dupal Demartin pour ses judicieuses remarques, et à Céline Lacroix, qui m'a fait un des plus beaux compliments qu'une auteure puisse recevoir.

Un clin d'œil à Thérèse Béliveau, traqueuse d'anacoluthes et autres vilenies.

# DANS LE TOME II
## À PARAÎTRE EN 2013

La vie paisible d'Edkar sur les terres de Ludrik d'Alcyon ne sera bientôt plus qu'un souvenir. Le dôme magique qui protège Souvenance de toute intrusion guerrière est infaillible, mais pas Edkar...

Plus que jamais, il devra remonter le cours du temps pour affronter son destin.

# ENTREZ DANS L'UNIVERS FASCINANT DE LA TOUR DE GUET...

Sur une île merveilleuse, divisée en quatre domaines gouvernés par des démons jumeaux, la vie se dégrade. Mérikir, démon de pierre, a soif de pouvoir. Il élimine son frère Amuleï et s'en prend aux humains. Il leur jette un maléfice qui les attire à Litheira, son domaine, et les transforme en pierre. Seuls Alaka et Lioro y échappent, car ils sont protégés par leur aka, leur animal de compagnie, qui n'est nul autre qu'Amuleï ! Aidés du démon, Alaka et Lioro partent à la recherche de leurs parents. Leur chemin sera semé d'embûches et de rencontres étonnantes.

Achevé d'imprimer
en août deux mille douze, sur les presses
de l'imprimerie Gauvin, Gatineau, Québec